飞花令里读唐诗

鸿雁 / 主编

中国华侨出版社

北京

　　古人说，不读诗词，不足以知春秋历史；不读诗词，不足以品文化精粹；不读诗词，不足以感天地草木之灵；不读诗词，不足以见流彩华章之美。中国是一个"诗歌的国度"，古典诗词是中国传统文化的奇葩，是我们民族文化遗产中极为珍贵的一部分。3000多年前，我们的祖先就创作出以"诗三百"为代表的优秀诗篇，此后每个历史时期，诗歌创作都结出了丰硕的成果，其中不少名篇佳句脍炙人口，传诵至今。它们已经融入我们的文化，启发了我们的心智，滋养了我们的心灵，丰富了我们的精神，陶冶了我们的人格，成为我们日常生活的一部分。

　　唐诗是我国优秀的文学遗产之一，也是世界文学宝库中一颗璀璨的明珠。尽管它产生的年代距今已有1000多年，但是作为中国传统文化瑰宝，唐诗的成就和影响是无可比拟的。唐代"童子解吟长恨曲，胡儿能唱《琵琶篇》"；今天的儿童也能背诵"春眠不觉晓"，或"床前明月光"。唐诗之所以如此深入民心，归根结底在于它永恒的艺术魅力。

飞花令，是中国古代在喝酒时用以助兴的一种特有的游戏，因唐代诗人韩翃的名诗《寒食》中一句"春城无处不飞花"而得名。飞花令属于一种雅令，对参加游戏的人诗词功底要求比较高，严格的飞花令在行令时不但要求含有相应的关键字，而且关键字还要按特定的顺序处于特定的位置。

　　本书采取飞花令的经典体例，依照古代飞花令的行令规则选取唐诗中经常出现的春、花、秋、月、风、云、雨、雪、梅、兰、竹、菊、红、芳、绿、柳、山、水、草、木、诗、酒、离、愁等三十个字行令，每飞一个字都选取其中的一首作详解，配以精确的注释和优美的文字赏析，带领读者领悟唐诗的意蕴，感受至美意境，体验诗情人生。

目录

春

花

秋

月

飞花令里读唐诗

风

云

飞花令里读唐诗

飞花令里读唐诗

飞花令里读唐诗

红

芳

离

愁

春

寒食

韩翃

春城无处不飞花，寒食①东风御柳斜。
日暮汉宫传蜡烛，轻烟散入五侯家。

【注释】

　　①寒食：中国传统节日，在清明之前。

【赏析】

　　据唐代孟棨《本事诗》记载，唐德宗非常欣赏韩翃的《寒食》一诗，特意擢拔已闲居多年的韩翃以"驾部郎中知制诰"的显职；高仲武《中兴间气集》云："韩员外（翃）诗，匠意近于史，兴致繁富，一篇一咏，朝士珍之。"这说明韩翃的诗在当时得到了统治者与权贵朝士的一致赞誉，可见诗人在当时的名声之响亮。后人解读这首诗时，认为其主旨在于谴责中唐之后宦官专权的政治弊端。那么，韩翃是如何做到意含讽喻而不被讥讽对象觉察的呢？

寒食节是一个特殊的缅怀先人的节日。按照传统习俗，在这一天，人们不能生火，吃冷食，并在门前插柳。由于寒食节时值暮春，正是城春花飞柳斜的好时光，也是人们踏青赏春、纵情游览的好时节，节日本身的伤感氛围则被淡化。不过归根结底，寒食节终究当以怀人寄思为主。

诗人却选择这个特殊节日，极力描写官廷生活的闲雅富贵。

前两句着意描写寒食节的长安风景。"春城无处不飞花"，诗人以春城代指长安，一方面交代时令，另一方面写出了长安春意盎然的总体特点。"无处不"以双重否定的句式加强语气，使人感受到处处万紫千红、花团锦簇的春趣。寒食节有折柳插于门前的习俗，所以诗人特意写柳："寒食东风御柳斜。""寒食"二字紧扣诗题，柔和的春风拂着皇城里的柳树，柳枝随风摇曳，分外婀娜。一个"御"字，把镜头从整座长安拉近到皇城，也为下文描写贵族官宦的寒食生活埋下伏笔。

按照唐朝的制度，寒食及清明，皇帝取榆柳火以赐近臣戚里，以示皇恩。韩翃采用移花接木的手法，把这一制度嫁接到汉代，看似描写"汉官"生活，实际上仍是在写唐朝官廷。

"日暮汉官传蜡烛，轻烟散入五侯家。""日暮"两字表明时间的流逝，开启下文，描写与前两句中的昼景完全不同的夜景。"蜡烛""轻烟"是与寒食节禁烟习俗相悖的意象。家家户户皆禁烟火，但"五侯家"却可燃烛生烟，写出了宠臣近戚享有特权的现实。关于历史上的"五侯"有两种说法：一说是指东汉大将军梁冀擅权，将其五位族人皆封侯；一说是东汉桓帝时同日封侯的宦官单超等五人。这首诗中以五侯代指皇帝的宠臣，联系政治背景，诗人指的是中唐以后专擅朝政的宦官。

清代学者喻守真认为，诗人写"花"偏说"飞"，写"柳"偏说"斜"，下字已含轻薄之意；尾句不说别处，偏说"五侯家"，则是明指宦官得宠，故而才能传赐蜡烛。清代蘅塘退士也说："唐代宦官之盛，不减于桓、灵，此诗托讽深远。"

诗人落笔流畅，语言清丽，以闲适的笔墨描写美丽的春景和雍容闲雅的皇城生活，正是这种温和的态度和婉转的方式使诗意极为含蓄，以致被讥讽的对象也被其诗才折服，只注意其中的承平景象，而忽略了寓意。全诗含意深刻，不加讥刺，而已甚于讥刺，可谓讽喻、兴怨诗中的一首妙作。清代管世铭在《读雪山房唐诗钞》中评价："大历诸子，实始争工字句，然隽不伤炼，巧不伤纤，又通体仍必雅令温醇、耐人吟讽。"用这句话来评价韩翃的《寒食》，再恰当不过。

代悲白头翁

刘希夷

洛阳城东桃李花，飞来飞去落谁家？
洛阳女儿好颜色，坐见落花长叹息。
今年花落颜色改，明年花开复谁在？
已见松柏摧为薪①，更闻桑田变成海②。
古人无复洛城东，今人还对落花风。
年年岁岁花相似，岁岁年年人不同。
寄言全盛红颜子，应怜半死白头翁。
此翁白头真可怜，伊昔红颜美少年。
公子王孙芳树下，清歌妙舞落花前。
光禄池台文锦绣，将军楼阁画神仙。
一朝卧病无相识，三春行乐在谁边？
宛转蛾眉能几时，须臾鹤发乱如丝。
但看古来歌舞地，惟有黄昏鸟雀悲。

【注释】

①松柏摧为薪：松柏被砍伐做柴火。出自《古诗十九首》："古墓犁为田，松柏摧为薪。"摧，折断。②桑田变成海：据《神仙传》记载，麻姑谓王方平曰："接待以来，已见东海三为桑田。"

清平调

李白

名花倾国两相欢，常得君王带笑看。
解释春风无限恨，沉香亭北倚阑干。

叹花

杜牧

自是寻春去校^①迟，不须惆怅怨芳时。
狂风落尽深红色^②，绿叶成阴子满枝^③。

【注释】

　　①校："较"，比较。②深红色：借指鲜花。
③子满枝：双关语。既是说花落结籽儿，也暗指当
年的妙龄少女如今已结婚生子。

飞花令里读唐诗

送浑将军出塞

高适

将军族贵兵且强，汉家已是浑邪王。子孙相继在朝野，至今部曲燕支下。控弦尽用阴山儿[1]，登阵常骑大宛马。银鞍玉勒绣蝥弧[2]，每逐嫖姚破骨都[3]。李广从来先将士，卫青未肯学孙吴。传有沙场千万骑，昨日边庭羽书至。城头画角三四声，匣里宝刀昼夜鸣。意气能甘万里去，辛勤判作一年行。黄云白草无前后，朝建旌旄夕刁斗。塞上应多侠少年，<u>关西不见春杨柳</u>。从军借问所从谁？击剑酣歌当此时。远别无轻绕朝策，平戎早寄仲宣诗。

【注释】

①阴山：山名，今内蒙古自治区境内。②蝥弧：军旗。③骨都：汉朝匈奴官名，左右骨都侯。这里指定突厥将领。《史记·匈奴列传》："置左右贤王，左右谷蠡王，左右大将，左右大都尉，左右大当户，左右骨都侯。"

三月十日流杯亭

李商隐

身属中军少得归，木兰花尽失春期。
偷随柳絮到城外，行过水西闻子规。

城东早春

杨巨源

诗家清景在新春①，绿柳才黄半未匀。
若待上林②花似锦，出门俱是看花人。

【注释】

　　①诗家：诗人的统称，并不单指作者自己。清景：清丽的景色。新春：早春。②上林：上林苑，故址在今陕西省西安市西，始建于秦代，汉武帝时扩充为汉宫苑。此处代指唐朝都城长安。

花

夏日寄高洗马

贾岛

三十年来长在客，两三行泪忽然垂。

白衣苍鬓经过懒，赤日朱门偃息迟。

花发应耽新熟酒，草颠还写早朝诗。

不缘马死西州去，画角堪听是晓吹。

钱塘湖春行

白居易

孤山寺北贾亭西，水面初平云脚① 低。

几处早莺争暖树②，谁家新燕啄春泥。

乱**花**渐欲迷人眼，浅草才能没马蹄。

最爱湖东行不足，绿杨阴里白沙堤。

【注释】

① 云脚：接近地面的云气，多见于将雨或雨初停时。② 莺：黄鹂。暖树：向阳早发的树。

登金陵凤凰台

李白

凤凰台上凤凰游，凤去台空江自流。

吴宫^①**花**草埋幽径，晋代衣冠成古丘^②。

三山^③半落青天外，二水中分白鹭洲^④。

总为浮云能蔽日，长安不见使人愁。

【注释】

①吴宫：三国时吴国王宫。②衣冠：指名门世族。古丘：指坟墓。③三山：山名，在南京西南长江边。④"二水"句：秦淮河流经南京后入长江，被横于其间的白鹭洲分为两支。

【赏析】

金陵，即今江苏南京。凤凰台在金陵凤凰山上，相传南朝刘宋年间有凤凰集于此山，乃筑台，山和台由此得名。

本诗是一首登临吊古之作，诗人凭吊古迹，

抚今追昔，伤逝感怀。

对于此诗的创作背景历来有争议，一说是作者流放夜郎遇赦返回后所作，一说是作者天宝年间被排挤离开长安南游金陵时所作。无论何种说法，有一点可以肯定，此诗定是作于诗人抑郁不得志之时。

传说当初李白看到崔颢的《黄鹤楼》后，一直想要写一首同类题材的诗与之相比。这首诗和崔颢的《黄鹤楼》无论在格律、用韵还是气势上均难分伯仲，千百年来两首诗歌的优劣高低多次成为众多诗评家探讨的主题。有的人认为崔颢的《黄鹤楼》无人能比，而有的人则认为李白这首诗语言更加自然、清新洒脱，当为唐诗七律的代表作之一。

诗人来到吴越一带，登上凤凰古台，凭吊古迹。开头两句以凤凰台的传说起笔，表达对时空变幻的感慨，虽然十四个字中连用三个"凤"字，但明快畅顺，丝毫不显生硬、刻板或重复。看着金陵故都，诗人想到国都长安，想到自己远离国都、报国无门的境遇，不禁愁绪满怀。这首诗是诗人壮烈的悲鸣，悲叹皇帝被奸邪所蒙蔽，悲叹自己空有一腔报国之情，却得不到任用。

这首登临吊古之作也烙上了李白诗歌的特点，气韵高古，格调悠远；语言流畅自然，潇洒清丽；意绪变幻无常，挥洒自如；情与景交织于诗歌的始终。

桃源行

王维

渔舟逐水爱山春，两岸桃花夹古津。

坐看红树不知远，行尽青溪不见人。

山口潜行始隈隩，山开旷望旋平陆。

遥看一处攒云树，近入千家散花竹。

樵客初传汉姓名，居人未改秦衣服。

居人共住武陵源，还从物外起田园。

月明松下房栊静，日出云中鸡犬喧。

惊闻俗客争来集，竞引还家问都邑。

平明闾巷扫花开，薄暮渔樵乘水入。

初因避地去人间，及至成仙遂不还。

峡里谁知有人事，世中遥望空云山。

不疑灵境难闻见，尘心未尽思乡县。

出洞无论隔山水，辞家终拟长游衍。

自谓经过旧不迷，安知峰壑今来变。

当时只记入山深，青溪几度到云林。

春来遍是桃花水，不辨仙源何处寻。

早梅

张谓

一树寒梅白玉条，迥临村路傍溪桥^①。
不知近水**花**先发^②，疑是经冬雪未销^③。

【注释】

　　①迥：远。傍：靠近。②发：开放。③经冬：
过冬。销：同"消"，融化。这里指冰雪融化。

无题

李商隐

相见时难别亦难，东风无力百**花**残。
春蚕到死丝方尽，蜡炬成灰泪始干。
晓镜但愁云鬓改，夜吟应觉月光寒。
蓬山此去无多路，青鸟殷勤为探看。

长安古意

卢照邻

长安大道连狭斜[①]，青牛白马七香车[②]。

玉辇纵横过主第[③]，金鞭络绎向侯家。

龙衔宝盖承朝日，凤吐流苏带晚霞。

百尺游丝[④]争绕树，一群娇鸟共啼花。

游蜂戏蝶千门侧，碧树银台万种色。

复道交窗作合欢，双阙连甍垂凤翼。

梁家[⑤]画阁中天起，汉帝金茎云外直。

楼前相望不相知，陌上相逢讵相识？

借问吹箫向紫烟，曾经学舞度芳年。

得成比目何辞死，愿作鸳鸯不羡仙。

比目鸳鸯真可羡，双去双来君不见？

生憎帐额绣孤鸾，好取门帘帖双燕。

双燕双飞绕画梁，罗帷翠被郁金香。

片片行云着蝉鬓，纤纤初月上鸦黄。

鸦黄粉白车中出，含娇含态情非一。

妖童宝马铁连钱，娼妇盘龙金屈膝。

御史府中乌夜啼，廷尉门前雀欲栖。

隐隐朱城临玉道，遥遥翠幰没金堤。

挟弹飞鹰杜陵[⑥]北，探丸借客渭桥西。

俱邀侠客芙蓉剑，共宿娼家桃李蹊。

娼家日暮紫罗裙，清歌一啭口氛氲。

北堂夜夜人如月，南陌朝朝骑似云。

南陌北堂连北里，五剧三条控三市。

弱柳青槐拂地垂，佳气红尘暗天起。

汉代金吾千骑来，翡翠屠苏鹦鹉杯。

罗襦宝带为君解，燕歌赵舞为君开。

别有豪华称将相，转日回天不相让。

意气由来排灌夫，专权判不容萧相。

专权意气本豪雄，青虬紫燕坐春风。

自言歌舞长千载，自谓骄奢凌五公。

节物风光不相待，桑田碧海须臾改。

昔时金阶白玉堂，即今惟见青松在。

寂寂寥寥扬子居，年年岁岁一床书。

独有南山桂花发，飞来飞去袭人裾。

【注释】

①狭斜：指小巷。②七香车：用多种香木制成的华美小车。③玉辇：本指皇帝所乘的车，这里泛指豪门贵族的车。主第：公主府第。④游丝：春天虫类所吐的飘扬于空中的丝。⑤梁家：指东汉外戚梁冀家。梁冀是顺帝梁皇后的哥哥，以豪奢闻名，曾在洛阳大兴土木，建造府宅。⑥杜陵：在长安东南，汉宣帝陵墓所在地。

秋

长恨歌

白居易

汉皇 ① 重色思倾国，御宇 ② 多年求不得。

杨家有女初长成，养在深闺人未识。

天生丽质难自弃，一朝选在君王侧。

回眸一笑百媚生，六宫粉黛无颜色。

春寒赐浴华清池，温泉水滑洗凝脂。

侍儿扶起娇无力，始是新承恩泽时。

云鬓花颜金步摇，芙蓉帐暖度春宵。

春宵苦短日高起，从此君王不早朝。

承欢侍宴无闲暇，春从春游夜专夜。

后宫佳丽三千人，三千宠爱在一身。

金屋妆成娇侍夜，玉楼宴罢醉和春 ③。

姊妹弟兄皆列土 ④，可怜光彩生门户。

遂令天下父母心，不重生男重生女。

骊宫高处入青云，仙乐风飘处处闻。

缓歌慢舞凝丝竹 ⑤，尽日君王看不足。

渔阳鼙鼓动地来 ⑥，惊破霓裳羽衣曲。

九重城阙烟尘生，千乘万骑西南行。

翠华 ⑦ 摇摇行复止，西出都门百余里。

六军不发无奈何，宛转蛾眉马前死。

花钿 ⑧ 委地无人收，翠翘金雀玉搔头 ⑨。

君王掩面救不得，回看血泪相和流。

黄埃散漫风萧索，云栈萦纡登剑阁[10]。

峨嵋山下少人行，旌旗无光日色薄。

蜀江水碧蜀山青，圣主朝朝暮暮情。

行宫见月伤心色，夜雨闻铃肠断声。

天旋地转回龙驭[11]，到此踌躇不能去。

马嵬坡下泥土中，不见玉颜空死处。

君臣相顾尽沾衣，东望都门信马归[12]。

归来池苑皆依旧，太液芙蓉未央柳[13]。

芙蓉如面柳如眉，对此如何不泪垂。

春风桃李花开日，秋雨梧桐叶落时。

西宫南内多秋草，落叶满阶红不扫。

梨园弟子白发新，椒房阿监青娥老[14]。

夕殿萤飞思悄然，孤灯挑尽未成眠。

迟迟钟鼓初长夜，耿耿星河欲曙天。

鸳鸯瓦冷霜华重，翡翠衾寒谁与共。

悠悠生死别经年，魂魄不曾来入梦。

临邛道士鸿都客[15]，能以精诚致魂魄[16]。

为感君王辗转思，遂教方士[17]殷勤觅。

排空驭气奔如电，升天入地求之遍。

上穷碧落下黄泉，两处茫茫皆不见。

忽闻海上有仙山，山在虚无缥缈间。

楼阁玲珑五云起，其中绰约多仙子。

中有一人字太真^⑱，雪肤花貌参差是。

金阙西厢叩玉扃^⑲，转教小玉报双成^⑳。

闻道汉家天子使，九华帐里梦魂惊。

揽衣推枕起徘徊，珠箔银屏迤逦开^㉑。

云鬓半偏新睡觉^㉒，花冠不整下堂来。

风吹仙袂^㉓飘飘举，犹似霓裳羽衣舞。

玉容寂寞泪阑干^㉔，梨花一枝春带雨。

含情凝睇^㉕谢君王，一别音容两渺茫。

昭阳殿里恩爱绝，蓬莱宫中日月长。

回头下望人寰处，不见长安见尘雾。

惟将旧物表深情，钿合金钗寄将去。

钗留一股合一扇，钗擘黄金合分钿。

但教心似金钿坚，天上人间会相见。

临别殷勤重寄词，词中有誓两心知。

七月七日长生殿，夜半无人私语时。

在天愿作比翼鸟，在地愿为连理枝。

天长地久有时尽，此恨绵绵无绝期。

【注释】

①汉皇：指唐玄宗。②御宇：统御天下。③醉和春：醉意伴随着春意。④列土：分封领地。⑤凝丝竹：比喻歌舞紧扣音乐声。⑥"渔阳"句：指安禄山在渔阳起兵叛乱。鼙鼓，中国古代军队中用的

飞花令里读唐诗

小鼓。⑦翠华：皇帝仪仗中用翠鸟羽毛做装饰的旗帜。⑧花钿：花朵形的首饰。⑨翠翘、金雀、玉搔头：均是杨贵妃所佩戴的钗簪。⑩云栈：高入云霄的栈道。剑阁：在今四川省剑阁县东北大剑山、小剑山之间，为由陕入川的必经之路。⑪"天旋"句：指局势转变，玄宗还京。龙驭，皇帝的车驾。⑫信马归：任马驰骋而归。⑬太液：太液池。未央：未央宫。⑭椒房：后妃们住的地方。阿监：指宫中女官。⑮"临邛"句：意为来自蜀中、作客长安的道士。临邛，今四川邛崃。鸿都，汉宫门名，此指长安。⑯致魂魄：将灵魂招来。⑰方士：有道术的人。⑱太真：杨贵妃为女道士时号太真。⑲扃：门户。⑳转教：指请侍女通报。小玉、双成：指太真的侍女。㉑珠箔：珠帘。迤逦开：指层层敞开。㉒新睡觉：刚睡醒。㉓袂：衣袖。㉔阑干：形容泪水横流的样子。㉕凝睇：凝视。

【赏析】

　　《长恨歌》是白居易诗作中脍炙人口的名篇，作于唐元和元年（806年）冬十二月，当时诗人正在盩厔县（今陕西周至）任县尉。他和友人陈鸿、王质夫同游仙游寺，谈到唐明皇与杨贵妃之事时，有所感触而作。

在这首长篇叙事诗里，作者以精练的语言、优美的形象、叙事和抒情相结合的手法，叙述了唐玄宗、杨贵妃在"安史之乱"中的爱情悲剧。唐玄宗、杨贵妃都是历史上的人物，诗人并不拘泥于历史，而是借着历史的一点影子，根据当时人们的传说、街坊的歌唱，从中蜕化出一个回旋曲折、婉转动人的故事，用回环往复、缠绵悱恻的艺术形式，描摹、歌咏出来。由于诗中的故事、人物都是艺术化的，是现实中人复杂真实的再现，所以能够在历代读者的心中漾起阵阵涟漪。

《长恨歌》就是歌"长恨"，"长恨"是诗歌的主题、故事的焦点，也是埋在诗里的一颗牵动人心的种子。而"恨"什么、为什么要"长恨"，诗人不是直接铺叙、抒写出来，而是通过他笔下诗化的故事，一层一层地展示给读者，让其自己去揣摩，去回味，去感受。

诗前半部分写唐明皇重色误国。首句"汉皇重色思倾国"是全篇纲领，既揭示了故事的悲剧因素，又统领全诗。唐玄宗重色、求色，终于得到了"回眸一笑百媚生，六宫粉黛无颜色"的杨贵妃。唐玄宗对杨贵妃无比宠爱，包括"赐浴""侍宴""春从春游夜专夜""三千宠爱在一身""从此君王不早朝""姊妹弟兄皆列土"等，浓艳旖旎之中蕴含着令人不安的悲剧因素，在极乐中潜伏着绵长的恨。转眼安史之乱起，唐玄宗仓皇奔蜀，杨贵妃惨死马嵬坡。

其后半部分写唐玄宗对杨贵妃的追怀忆旧和杨贵妃在仙界仍然对唐玄宗一往情深，说明两人的爱情至死不渝。杨贵妃死后，唐玄宗内心酸楚愁惨，从剑阁蜀道的夜雨铃声到马嵬坡下空死处，都勾起了伤心的回忆；返京后，从旧日官苑的桃李依旧和弟子、阿监的青娥老，处处睹物伤情，日夜怀恨。日思夜想而不得，又寄希望于梦境。道士帮助唐玄宗寻觅，在海上仙山找到杨贵妃，她托物寄词，恨又在天上人间。末尾用"天长地久有时尽，此恨绵绵无绝期"二句作笔，点明"长恨"的题旨，有悠然不尽之意味。

《长恨歌》是一首抒情成分很浓的叙事诗，诗人在叙述故事和人物塑造上，采用了中国传统诗歌擅长的抒写手法，将叙事、写景和抒情和谐地结合在一起，形成诗歌抒情上回环往复的特点。诗人时而把人物的思想感情注入景物，用景物来烘托人物的心境；时而抓住人物周围富有特征性的景物、事物，通过人物对它们的感受来表现内心的感情，层层渲染，恰如其分地表达人物蕴蓄在内心深处的难达之情。

哀艳动人的文字，悠扬婉转的声调，缠绵悱恻的情致，使《长恨歌》具有超越时空的艺术魅力，因而引起人们的共鸣，在当时就迅速广泛流传开来，影响深远。清人赵翼在《瓯北诗话》中说："《长恨歌》一篇，其事本易传，以易传之事，为绝妙之词，有声有情，可歌可泣，文人学士，既叹为不可及，妇人女子，亦喜闻而乐诵之。是以不胫而走，传遍天下。"

宿府

杜甫

清**秋**幕府井梧寒，独宿江城蜡炬残。
永夜角声悲自语，中天月色好谁看？
风尘荏苒音书绝，关塞萧条行路难。
已忍伶俜十年事，强移栖息一枝安。

秋夕

杜牧

银烛**秋**光冷画屏，轻罗小扇^①扑流萤。
天阶^②夜色凉如水，坐看牵牛织女星。

【注释】

①轻罗小扇：轻巧的丝质小团扇。②天阶：
皇宫里的石阶。

秋词

刘禹锡

自古逢**秋**悲寂寥，我言秋日胜春朝。

晴空一鹤排云上，便引诗情到碧霄。

古意呈补阙乔知之

沈佺期

卢家少妇郁金堂，海燕双栖玳瑁梁。

九月寒砧催木叶，十年征戍忆辽阳。

白狼河北音书断，丹凤城①南**秋**夜长。

谁谓含愁独不见，更教明月照流黄②！

【注释】

①丹凤城：指京城。②流黄：黄紫色相间的丝织品。

夜雨寄北

李商隐

君问归期未有期，巴山夜雨涨**秋**池①。
何当共剪西窗烛，却话巴山夜雨时。

【注释】

　　① 巴山：又叫大巴山，指巴蜀东部的山。涨秋池：秋雨使池塘里注满了水。

滕王阁

王勃

滕王高阁临江渚，佩玉鸣鸾罢歌舞。
画栋朝飞南浦云，珠帘暮卷西山雨。
闲云潭影日悠悠，物换星移几度**秋**。
阁中帝子今何在？槛外长江空自流。

飞花令里读唐诗

月

琴歌

李颀

主人有酒欢今夕，请奏鸣琴广陵客。
月照城头乌半飞，霜凄万木风入衣。
铜炉华烛烛增辉，初弹渌水后楚妃。
一声已动物皆静，四座无言星欲稀。
清淮奉使千余里，敢告云山从此始。

送陈章甫

李颀

四月南风大麦黄，枣花未落桐叶长。
青山朝别暮还见，嘶马出门思旧乡。
陈侯立身何坦荡，虬须虎眉仍大颡。
腹中贮书一万卷，不肯低头在草莽。
东门酤酒饮我曹，心轻万事皆鸿毛。
醉卧不知白日暮，有时空望孤云高。
长河浪头连天黑，津口停舟渡不得。
郑国游人未及家，洛阳行子空叹息。
闻道故林相识多，罢官昨日今如何？

飞花令里读唐诗

锦瑟

李商隐

锦瑟无端五十弦，一弦一柱思华年。
庄生晓梦迷蝴蝶，望帝春心托杜鹃。
沧海月明珠有泪，蓝田日暖玉生烟。
此情可待成追忆，只是当时已惘然。

出塞

王昌龄

秦时明月汉时关，万里长征人未还。
但使龙城飞将在 ①，不教胡马度阴山。

【注释】

①但使：只要。龙城：在今河北省喜峰口一带，为汉朝右北平郡所在地。汉武帝曾任命李广为右北平太守。匈奴闻之，数年不敢来犯。飞将：指西汉名将李广，匈奴称之为"汉之飞将军"。

春宫怨

王昌龄

昨夜风开露井桃[①]，未央[②]前殿月轮高。
平阳歌舞[③]新承宠，帘外春寒赐锦袍。

【注释】

　　①井桃：井边的桃花。②未央：汉宫殿名。
也指唐宫。③平阳歌舞：平阳公主家中的歌女。

寄扬州韩绰判官

杜牧

青山隐隐水迢迢，秋尽江南草未凋。
二十四桥[①]明月夜，玉人何处教吹箫？

【注释】

　　①二十四桥：相传有二十四个美人在扬州
西城外的小桥上夜吹洞箫，此处用以泛指扬州的
桥梁。

春江花月夜

张若虚

春江潮水连海平，海上明月共潮生。滟滟随波千万里①，何处春江无月明！江流宛转绕芳甸②，月照花林皆似霰③。空里流霜不觉飞④，汀上白沙看不见⑤。江天一色无纤尘⑥，皎皎空中孤月轮⑦。<u>江畔何人初见月</u>？江月何年初照人？人生代代无穷已⑧，江月年年只相似。不知江月待何人，但见长江送流水⑨。白云一片去悠悠⑩，青枫浦上不胜愁⑪。谁家今夜扁舟子⑫？何处相思明月楼⑬？可怜楼上月徘徊⑭，应照离人妆镜台⑮。玉户帘中卷不去⑯，捣衣砧上拂还来⑰。此时相望不相闻⑱，愿逐月华流照君⑲。鸿雁长飞光不度，鱼龙潜跃水成文⑳。昨夜闲潭梦落花㉑，可怜春半不还家。江水流春去欲尽，江潭落月复西斜。斜月沉沉藏海雾，碣石潇湘无限路㉒。不知乘月几人归㉓，落月摇情满江树㉔。

【注释】

①滟滟：波光闪动的光彩。②芳甸：遍生花草的原野。③霰：天空中降落的白色不透明的小冰粒。④流霜：飞霜，古人以为霜和雪一样，是从

31

空中落下来的，所以叫流霜。⑤ 汀：水边平地，小洲。⑥ 纤尘：微细的灰尘。⑦ 月轮：指月亮，因月圆时像车轮，故称月轮。⑧ 穷已：穷尽。⑨ 但见：只见、仅见。⑩ 悠悠：渺茫、深远。⑪ 青枫浦：在今湖南浏阳浏水中，一名双凤浦。这里泛指遥远的水边之地。浦，水边。⑫ 扁舟：孤舟、小船。⑬ 明月楼：明月照耀下的楼房，这里指思妇闺楼。⑭ 月徘徊：指月光移动。⑮ 离人：此处指思妇。妆镜台：梳妆台。⑯ 玉户：形容楼阁华丽，以玉石镶嵌。⑰ 捣衣砧：捣衣石、捶布石。⑱ 相闻：互通音信。⑲ 逐：跟从、跟随。月华：月光。⑳ 文：同"纹"。㉑ 闲潭：寂静的水潭。㉒ 碣石：山名，在渤海边，为古今观海胜地。潇湘：湘江与潇水。二水在湖南省零陵合流，北入洞庭湖，故称潇湘。碣石、潇湘一北一南，借喻离人相距之远。无限路：言离人相去很远。㉓ 乘月：趁着月光。㉔ 摇情：激荡情思。

【赏析】

　　这是一首宫体诗，被闻一多先生誉为"诗中的诗，顶峰上的顶峰"，一孤篇，压过全唐。"春江花月夜"为乐府旧题，属《清商曲·吴声歌》。相传始于南朝陈后主，但本诗除了曲调名沿用旧体外，内容和风格都与以前供宫廷娱乐的歌曲大异其趣。

在一个月光皎洁的晴朗夜晚，诗人张若虚临于春江边，看着浩瀚无垠的江潮及月光下那片澄澈无际的世界，牵动起无限情思。诗人讴歌优美的自然，赞颂纯洁的爱情，将诗情画意与哲理熔于一炉，营造出一片幽深邈远的意境。

诗人开篇就描绘了一幅温婉动人的春江花月夜景图。浩瀚无垠的江潮，就像大海连在一起，这时候一轮明月随着潮水的涌动渐渐升上天空，无垠的江潮滚滚涌动向前，在月光的照耀下更显得气势宏伟、景象壮观。作者用一个"生"字便把明月、潮水写得灵活生动起来，为广阔的夜景增添了无穷的生命力，也为后面所讲的哲理埋下了伏笔。

开头八句，作者用细腻的笔法，由远及近，慢慢将目光聚焦到一轮明月上，银白色的月光洒下来，天地宇宙瞬间变成一个幽静甜美的神话世界。在宁静而纯洁的境界中，诗人自然而然地陷入沉思，发出了"江畔何人初见月？江月何年初照人？"的疑问。宇宙是无限的，人生是短暂的，这样的主题难免使人悲伤，但诗人并没有一味沉浸在这种难解的悲情中无法自拔，而是想到人类会世世代代无穷尽地发展下去，而汹涌澎湃的江水和当空闪耀的月亮年年岁岁都是相似的，无穷的人类传承将与江潮明月永远共存。

"不知江月待何人，但见长江送流水。"诗人从前面的思考中进一步想到，人生世世代代相继，这江月也是年年相似，一轮明月下，江潮无期无限又无声无息地在此翻涌，是在等待谁吗？如果在等待却难以遂愿，因为江水总要无可奈何地随着江海大浪向前奔腾而去。诗人将意境由景入理，再由理及人，自然、宇宙、人生、情感都融汇在笔下，引出下面要写的人间爱恋、两地相思。

"白云一片去悠悠，青枫浦上不胜愁。谁家今夜扁舟子？何处相思明月楼？"这四句由春夜的景色写到妇人与游子的相思之情。这里诗人先用景物比喻、寄托相思之情，完成由景向人的过渡，十分巧妙。一种相思，几人离愁，诗人用设问的形式使诗情回环往复，曲折委婉。

接下来"可怜"八句回答了上面的设问，写妇人对游子的思念。诗人以月为背景，渲染了思妇的相思离愁。最后，诗人用落花流水、海石残月来烘托游子的归思。至此春、江、花、月、夜所构成的图景下，景、理、情交融，情韵袅袅，余音不绝。

沈德潜云："前半见人有变易，月明常在，江月不必待人，惟江流与月同无尽也。后半写思妇怅惘之情，曲折三致。题中五字安放自然，犹是王、杨、卢、骆之体。"

风

走马川行奉送封大夫出师西征

岑参

君不见走马川行雪海边，平沙莽莽黄入天。
轮台九月风夜吼①，一川碎石大如斗，随风满地
石乱走。匈奴草黄马正肥，金山西见烟尘飞②，
汉家大将西出师。将军金甲夜不脱，半夜军行戈
相拨③，**风头如刀面如割**。马毛带雪汗气蒸，五
花连钱旋作冰④，幕中草檄砚水凝⑤。虏骑闻之
应胆慑⑥，料知短兵不敢接，军师西门伫献捷⑦。

【注释】

①轮台：在今新疆维吾尔自治区境内。②金
山：新疆维吾尔自治区境内的阿尔泰山。烟尘飞：
指敌人进犯。③拨：碰撞。④五花连钱：毛色
斑驳的良马。旋作冰：指马出的汗立刻凝结成冰。
⑤草檄：起草讨敌文书。⑥虏骑：敌骑。⑦军师：
应为车师，唐北庭都护府所在地。

回乡偶书

贺知章

离别家乡岁月多，近来人事半消磨。
惟有门前镜湖水①，春风不改旧时波。

【注释】

①镜湖：在浙江绍兴会稽山的北麓，原名庆湖，又称长湖、镜湖。方圆三百余里，风景优美，王羲之诗："山阴道上行，如在镜中游。"贺知章的故居即在镜湖之畔。

题舜庙

张濯

古都遗庙出河渍，万代千秋仰圣君。
蒲坂城边长逝水，苍梧野外不归云。
寥寥象设魂应在，寂寂虞篇德已闻。
向晚风吹庭下柏，犹疑琴曲韵南薰。

咏柳

贺知章

碧玉妆成一树高^①，万条垂下绿丝绦^②。
不知细叶谁裁^③出，二月春风似剪刀。

【注释】

① 碧玉：碧绿色的玉。这里用以比喻春天嫩绿的柳叶颜色如碧绿色的玉。妆成：装饰，打扮。一树：满树。一，满、全。在中国古典诗词和文章中，数量词在使用中并不一定表示确切的数量。下一句的"万"，就是表示很多的意思。② 丝绦：用丝编成的绳带。③ 裁：裁剪，用刀或剪子把物体分成若干部分。

茅屋为秋风所破歌

杜甫

　　八月秋高**风**怒号，卷我屋上三重茅。茅飞渡江洒江郊，高者挂罥长林梢①，下者飘转沉塘坳②。南村群童欺我老无力，忍能对面为盗贼。公然抱茅入竹去，唇焦口燥呼不得，归来倚杖自叹息。俄顷风定云墨色③，秋天漠漠向昏黑。布衾多年冷似铁，娇儿恶卧踏里裂。床头屋漏无干处，雨脚如麻未断绝。自经丧乱少睡眠，长夜沾湿何由彻！安得广厦千万间，大庇天下寒士俱欢颜，风雨不动安如山！呜呼！何时眼前突兀见此屋④，吾庐独破受冻死亦足！

【注释】

　　①罥：悬挂。②坳：低凹的地方。③俄顷：顷刻，一会儿。④见：通"现"。

【赏析】

定居成都后，杜甫难得地过上了平静而闲适的生活，可是，一场狂风吹毁了他辛苦修建的茅屋，屋漏偏遇连夜雨，风定之后一场冷雨浇下，杜甫一家在凄风冷雨里度过了一个狼狈的夜晚。诗人彻夜难眠，由自己的遭遇联想到天下寒士的命运，发出了忧国忧民的感慨。

从首句到"归来倚杖自叹息"是全诗的第一段，这是室外之景，交代了茅屋为秋风所毁的具体情况，以及诗人面对风起屋破的情况既焦灼又无奈的心情。

全诗开篇扣题，以拟人的手法表现出秋风之迅猛。"八月秋高风怒号"，一"怒"一"号"，表现了风起之疾、风势之猛和风力之强。正因如此，屋上茅草才会轻易地被狂风卷走，或挂于树梢，或沉入塘坳，这几句明写茅草，实际上仍然是在写风，无形的风被作了有形化处理。风越大越猛，越能显出茅屋的破败不堪。

高树上、低塘里的茅草已经无法捡回，诗人有心把落在平地上的茅草捡回，以留待风停后修葺茅屋之用。但是，"南村群童欺我老无力，忍能对面为盗贼"。这个情节耐人寻味：诗人若非贫穷至极，就不会急于捡回茅草；群童如果不因家贫，也不会"公然抱茅入竹去"。面对这些抢劫茅草的"盗贼"，诗人只"呼"而未追赶，一方面对应前文的"老无力"，另一方面或许也是因为诗人的恻隐之心。唇焦舌燥呼而不得，诗人只能"归来倚杖自叹息"。这声"叹息"既为了自己，也为了与自己同样贫穷的百姓。

从"俄顷风定云墨色"到"长夜沾湿何由彻"是第二段，写屋破又遇暴雨的凄惨遭遇。

诗人对秋雨骤降时的情形进行了详细的描写。"风定"承接前文，使全诗的脉络不会因为人物、情节的插入而被打断。"云墨色"开启下文，说明乌云密集，大雨马上就要来了。"秋天漠漠向昏黑"既是对客观环境的描写，也是诗人心情的映照。

"布衾多年冷似铁，娇儿恶卧踏里裂。床头屋漏无干处，雨脚如麻未断绝。"这四句写的是室内的情景，倾盆的秋雨从破败的屋顶坠入屋内；床上的被褥用了多年，又旧又破，凉如冰冷冷似铁，根本不能御寒；儿子睡相可恶，把这布衾踢蹬得更破了。"娇儿恶卧"一方面确实是因为他睡相可憎，另一方面是因为薄被不能御寒，屋内又阴雨连连，孩子辗转反侧难以入睡。此时此刻，漏雨已经把床头完全打湿，连一点干燥的地方都没有了，连成一串的雨点没完没了地落下来。在这样的夜晚，连孩子都睡不安稳，作者更是如此。

"自经丧乱少睡眠，长夜沾湿何由彻！"自从"安史之乱"以来，诗人晚上总是睡不安稳，这个屋漏床湿的漫漫长夜，又该怎么熬到天明呢？诗人所企盼的长夜之"彻"，恐怕不仅是自然意义上的天亮，更是国家时局、人民命运的天亮。

余下诗句是全诗的第三段。清代杨伦在《杜诗镜铨》中指出了这一段之妙："若再加叹息，不成文矣，妙竟推开自家，向大处作结。"诗人推己及人，由自己的不幸联想到天下人的不幸，并发出甘愿以自己之身救广大百姓于水深火热之中的热情呼吁，表现出"先天下之忧而忧，后天下之乐而乐"的博大胸襟和高尚情怀。

赠河南诗友

张乔

山东令族玉无尘，裁剪烟花笔下春。
不把瑶华借风月，洛阳才子更何人。

江南春

杜牧

千里莺啼绿映红，水村山郭酒旗风①。
南朝四百八十寺②，多少楼台烟雨中。

【注释】

　　① 郭：城镇。酒旗：挂在门前作为酒店标记
的布。② 南朝：指与北朝并列的宋、齐、梁、陈。
四百八十寺：南朝皇帝和官员曾大建佛寺。

云

清平调

李白

云想衣裳花想**容**，春风拂槛露华浓。
若非群玉山头见，会向瑶台月下逢。

山行

杜牧

远上寒山石径斜^①，白**云**生处有人家。
停车坐爱枫林晚^②，霜叶红于二月花^③。

【注释】

　　① 寒山：指深秋时候的山。斜：意思是伸向。

② 坐：因为。③ 霜叶：指被霜打过的枫叶。

后土庙

罗隐

四海兵戈尚未宁，始于云外学仪形。
九天玄女犹无圣，后土夫人岂有灵。
一带好云侵鬓绿，两层危岫拂眉青。
韦郎年少知何在，端坐思量太白经。

七松亭

张乔

七松亭上望秦川，高鸟闲云满目前。
已比子真耕谷口，岂同陶令卧江边。
临崖把卷惊回烧，扫石留僧听远泉。
明月影中宫漏近，珮声应宿使朝天。

老将行

王维

少年十五二十时，步行夺得胡马骑。

射杀山中白额虎，肯数邺下黄须儿[1]。

一身转战三千里，一剑曾当百万师。

汉兵奋迅如霹雳，虏骑崩腾畏蒺藜[2]。

卫青不败由天幸[3]，李广无功缘数奇[4]。

自从弃置便衰朽，世事蹉跎成白首。

昔时飞箭无全目[5]，今日垂杨生左肘[6]。

路傍时卖故侯瓜[7]，门前学种先生柳[8]。

苍茫古木连穷巷[9]，寥落寒山对虚牖[10]。

誓令疏勒出飞泉[11]，不似颍川空使酒[12]。

贺兰山下阵如云[13]，羽檄交驰日夕闻[14]。

节使三河募年少[15]，诏书五道出将军[16]。

试拂铁衣如雪色，聊持宝剑动星文[17]。

愿得燕弓射大将[18]，耻令越甲鸣吾君[19]。

莫嫌旧日云中守[20]，犹堪一战取功勋。

【注释】

①肯数：岂可只推。邺：曹操封魏王后定都于邺。黄须儿：指曹操第二子曹彰，须黄而刚烈勇猛。②虏骑：指匈奴的骑兵。蒺藜：此指铁蒺藜，战地所用的障碍物。③"卫青"句：卫青，汉朝名将，屡败匈奴而建功。但卫青最初被封官是因为姐姐卫子夫受到汉武帝的宠爱，故本句说他"由天幸"。④李广无功：李广屡立奇功，但一生却坎坷不遇，终身未曾封侯，故曰"无功"。缘：因为。数奇：命运不好。⑤飞箭无全目：形容射艺之精，能使飞雀双目不全。⑥垂杨生左肘：指因为长时间不操弓箭而双肘僵硬。⑦故侯瓜：秦亡后，东陵侯召平曾在长安城东以种瓜为生。⑧先生柳：东晋陶渊明弃官归隐后，因门前有五株杨柳，故自号"五柳先生"。⑨穷巷：深巷。⑩牖：窗户。⑪"誓令"句：东汉耿恭据守疏勒城，匈奴断其水源，耿恭于城中掘井而祈祷，后得水。⑫颍川空使酒：西汉颍阴人灌夫，为人刚直，好恃酒使气。⑬贺兰山：在今宁夏回族自治区境内，唐朝为战地。⑭羽檄：紧急军书。⑮节使：持有朝廷符节的使臣。三河：今河南一带。⑯"诏书"句：意为诏令众将军分五路出兵。⑰星文：指剑上所嵌的七星文。⑱燕弓：燕地出产的劲弓。⑲"耻令"句：意为以敌人的甲兵惊动国君为耻。用春秋越国进犯齐国，雍门子狄认为战事惊动国君是自己的耻辱的典故。⑳"莫嫌"句：汉魏尚为云中太守时，匈奴不敢犯境。他曾因所缴敌首差六级被削爵，后来汉文帝遣冯唐持符节赦其罪，复其官职。

【赏析】

这首诗叙述了一位老将不幸的经历。

全诗分为三段。开头十句为第一段，是写老将少年时英勇善战，屡次立下战功。李广是汉朝著名大将，匈奴人对他非常敬畏；曹彰是曹操次子，曾经奋勇破敌，却将功劳归于诸将。诗人借用这两个典故来展现老将的才德智勇。但这样一位大将之才竟未得寸功之赏。中间十句为第二段，写老将被弃置不用之后便"衰朽"了，连头发都白了，疡生左肘，不得不躬耕种瓜叫卖，门前冷落，从此无宾客往来。但是老将仍然志在千里，思量为国效力。最末十句为第三段，是写边烽未熄，老将不计恩怨，时时怀着请缨杀敌的爱国衷肠。

诗人用叙事的手法，从不同的角度传神地刻画了一位功勋卓著而不计荣辱、一心报国而不计恩怨的"老将"形象。作品在颂扬老将的高尚节操和爱国热忱的同时也揭露了统治者的赏罚不公、冷酷无情。诗中大量用典，使"老将"的形象具有典型意义，有深重的历史感。

凉州词

王之涣

黄河远上白云间^①，一片孤城万仞山^②。
羌笛何须怨杨柳^③，春风不度玉门关^④。

【注释】

①黄河远上：远望黄河的源头。远上，远远向西望去。②孤城：指孤零零地戍边的城堡。仞：古代的长度单位，一仞相当于七尺或八尺。③羌笛：古羌族主要分布在甘、青、川一带。羌笛是羌族乐器，属横吹式管乐。何须：何必。杨柳：《折杨柳》曲。古诗文中常以杨柳比喻送别之事。《诗经·小雅·采薇》："昔我往矣，杨柳依依。"北朝乐府《鼓角横吹曲》有《折杨柳枝》："上马不捉鞭，反拗杨柳枝。下马吹横笛，愁杀行客儿。"④度：吹到过。玉门关：汉武帝置，因西域输入玉石取道于此而得名。故址在今甘肃敦煌西北小方盘城，是古代通往西域的要道。六朝时关址东移至今安西双塔附近。

梁园吟 ①

李白

我浮黄河去京阙，挂席欲进波连山。天长水阔厌远涉，访古始及平台间。平台为客忧思多，对酒遂作梁园歌。却忆蓬池阮公咏，因吟"渌水扬洪波"。洪波浩荡迷旧国，路远西归安可得！人生达命岂暇愁，且饮美酒登高楼。平头奴子摇大扇，五月不热疑清秋。玉盘杨梅为君设，吴盐如花皎白雪。持盐把酒但饮之，莫学夷齐事高洁。昔人豪贵信陵君，今人耕种信陵坟。荒城虚照碧山月，<u>古木尽入苍梧云</u>。梁王宫阙今安在？枚马先归不相待。舞影歌声散渌池，空余汴水东流海。沉吟此事泪满衣，黄金买醉未能归。连呼五白行六博，分曹赌酒酣驰晖。歌且谣，意方远，东山高卧时起来，欲济苍生未应晚。

【注释】

① 诗题一作《梁苑醉酒歌》。

雨

古从军行

李颀

白日登山望烽火，黄昏饮马傍交河^①。

行人刁斗风沙暗^②，公主琵琶幽怨多^③。

野云万里无城郭，雨雪纷纷连大漠。

胡雁哀鸣夜夜飞，胡儿眼泪双双落。

闻道玉门犹被遮，应将性命逐轻车^④。

年年战骨埋荒外，空见蒲桃入汉家^⑤。

【注释】

①饮马：给马喂水。交河：在今新疆维吾尔自治区吐鲁番市西北。②刁斗：古代军中白天用来烧饭，晚上用来敲击巡更的铜器。③"公主"句：指汉武帝时将江都王之女远嫁乌孙一事。④"闻道"两句：意为已然出了玉门关就没有归去的道路，只能追随将领一同出生入死。⑤蒲桃：葡萄。

寒雨连江夜入吴

芙蓉楼送辛渐

王昌龄

寒雨连江夜入吴①，平明送客楚山孤②。
洛阳亲友如相问，一片冰心在玉壶。

【注释】

　　①寒雨：寒冷的雨。连江：满江。吴：三国时
的吴国在长江下游一带，简称这一带为吴，与下文
"楚"为互文。②平明：清晨天刚亮。客：指辛渐。
楚山：春秋时的楚国在长江中下游一带，所以称这
一带的山为楚山。孤：独自，孤单一人。

昨夜雨多春水阔

春日钱塘杂兴

施肩吾

西邻年少问东邻，柳岸花堤几处新。
昨夜雨多春水阔，隔江桃叶唤何人。

雨

渭城曲

王维

渭城朝**雨**浥轻尘^①，客舍青青柳色新。
劝君更尽一杯酒，西出阳关无故人^②。

【注释】

①渭城：在今陕西省咸阳东，位于渭水北岸，故址为秦时咸阳城，汉代改称渭城。唐时属京兆府咸阳县辖区。浥：润湿。②阳关：在今甘肃敦煌西南，与玉门关一南一北，均为通西域的要隘。

【赏析】

诗的第一、二句写明送别的时间、地点与氛围：渭城送别，清晨的细雨润湿了轻扬的灰尘，客舍外的杨柳在细雨的清洗下分外清新，一派清雅的诗情画意。

客舍，总是与羁旅者相伴；古有折柳送别的

习俗，柳谐音"留"，暗喻离别之意。二者总是呈现出一种黯淡的情调，此刻却因一场朝雨呈现出清新明朗的风貌——清朗的天空、洁净的道路、青青的客舍、翠绿的杨柳，虽然是极平常的景物，在诗人笔下却清新如画，为这场送别提供了典型的自然环境，没有一般送别场景的黯淡和沉重，反而带着几分轻快。

后两句，离情迸发，一杯别酒，盛满了朋友的无限深情，"更尽"二字，传神地写出了送别人惜别、劝慰、请君珍重等意，自然引出末句。

阳关和玉门关都是西出敦煌通往西域的门户，一个在南，一个在北。阳关位于甘肃省敦煌市西南七十公里外的阳关镇境内，在玉门关之南，故曰阳关（古人以山南水北为阳）。自汉至唐，阳关一直是丝路南道上的必经关隘。元二要到安西都护府（治所在今新疆维吾尔自治区库车市境内）去，就必须经过阳关，故诗中有"西出阳关无故人"之句。

阳关本已远，而安西更在阳关之外，仅是想象，其苍茫无垠已令人怅惘，而"无故人"更是可见此别的难舍之情，一段离情自是萦绕心头，徘徊不忍去。此诗本作"送元二使安西"，因其道出人人意中所有，妙绝一时，当时就被人广为传诵，后更是被编入乐府，名《渭城曲》《阳关曲》，或名《阳关三叠》，成为流传千古的饯别名曲。

清明①

杜牧

清明时节**雨**纷纷，路上行人欲断魂。
借问酒家何处有，牧童遥指杏花村。

【注释】

　　①清明：中国传统节日，或扫墓祭拜，或踏青寻幽，或合家欢聚，演变至今已经成为一个扫墓祭拜先人的节日。

念昔游

杜牧

李白题诗水西寺，古木回岩楼阁风。
半醒半醉游三日，**红白花开山雨**中。

飞花令里读唐诗

秦妇吟

韦庄

中和癸卯春三月，洛阳城外花如雪。东西南北路人绝，绿杨悄悄香尘灭。路旁忽见如花人，独向绿杨阴下歇。凤侧鸾欹鬓脚斜，红攒黛敛眉心折。借问女郎何处来？含嚬欲语声先咽。回头敛袂谢行人，丧乱漂沦何堪说！三年陷贼留秦地，依稀记得秦中事。君能为妾解金鞍，妾亦与君停玉趾。前年庚子腊月五，正闭金笼教鹦鹉。斜开鸾镜懒梳头，闲凭雕栏慵不语。忽看门外起红尘，已见街中擂金鼓。居人走出半仓惶，朝士归来尚疑误。是时西面官军入，拟向潼关为警急。皆言博野自相持，尽道贼军来未及。须臾主父乘奔至，下马入门痴似醉。适逢紫盖去蒙尘，已见白旗来匝地。扶羸携幼竟相呼，上屋缘墙不知次。南邻走入北邻藏，东邻走向西邻避。北邻诸妇咸相凑，户外崩腾如走兽。轰轰昆昆乾坤动，万马雷声从地涌。火迸金星上九天，十二官街烟烘炯。日轮西下寒光白，上帝无言空脉脉。阴云晕气若重围，宦者流星如血色。紫气潜随帝座移，妖光暗射台星拆。家家流血如泉沸，处处冤声声动地。舞伎歌姬尽暗捐，婴儿稚女皆生弃。东邻有女眉新画，倾国倾城不知价。长戈拥得上戎车，回首香闺泪盈把。旋抽金线学缝旗，才上雕鞍教走马。有时马上见良人，不敢回眸空泪下。西邻有女真仙子，一寸横波剪秋水。妆成只对镜中春，年幼不知门外事。一夫跳跃上金阶，斜袒半肩欲相耻。牵衣不肯出朱门，红粉香脂刀下死。南邻有女不记姓，昨日良媒新纳聘。玻璃阶上不闻行，翡翠帘间空见影。忽看庭际刀刃鸣，身首支离在俄顷。仰天掩面哭一声，女弟女兄同入井。北邻少妇行相促，旋拆云鬟拭眉绿。已闻击托坏高门，不觉攀缘上重屋。须臾四面火光来，欲下回梯梯又摧。烟中大叫犹求救，梁上悬尸已作灰。妾身幸得全刀锯，不敢踟蹰久回顾。旋梳蝉鬓逐军行，强展蛾眉出门去。旧里从兹不得归，六亲自此无寻处。一从陷贼经三载，终日惊忧心胆碎。夜卧千重剑戟围，朝餐一味人肝脍。鸳帏纵入岂成欢？宝货虽多非所爱。蓬头垢面眉犹赤，几转横波看不得。衣裳颠倒语言异，面上夸功雕作字。柏台多半是狐精，兰省诸郎皆鼠魅。还将短发戴华簪，不脱朝衣缠绣被。翻持象笏作三公，倒佩金鱼为两史。朝闻奏对入朝堂，暮见喧呼来酒市。一朝五鼓人惊起，叫啸喧呼如窃语。夜来探马入皇城，昨日官军收赤水。赤水去城一百里，朝若来兮暮应至。凶徒马上暗吞声，女伴闺中潜生喜。皆言冤愤此时销，必谓妖徒今日死。逡巡走马传声急，又道官军全阵入。大彭小彭相顾忧，二郎四郎抱鞍泣。沉沉数日无消息，必谓军前已衔璧。簸旗掉剑却来归，又道官军悉败绩。四面从兹多厄束，一斗黄金一斗粟。尚让厨中食木皮，黄巢机上刲人肉。东南断绝无粮道，沟壑渐平人渐少。六军门外倚僵尸，七架营中填饿殍。长安寂寂今何有，废市荒街麦苗秀。采樵斫尽杏园花，修寨诛残御沟柳。华轩绣毂皆销散，甲第朱门无一半。含元殿上狐兔行，花萼楼前荆棘满。昔时繁盛皆埋没，举目凄凉无故物。内库烧为锦绣灰，天街踏尽公卿骨！来时晓出城东陌，城外风烟如塞色。路旁时见游奕军，坡下寂无迎送客。霸陵东望人烟绝，树锁骊山金翠灭。大道俱成棘子林，行人夜宿墙匡月。明朝晓至三峰路，百万人家无一户。破落田园但有蒿，摧残竹树皆无主。路旁试问金天神，金天无语愁于人。庙前古柏有残枿，殿上金炉生暗尘。一从狂寇陷中国，天地晦冥风雨黑。暗前神水咒不成，壁上阴兵驱不得。闲日徒歆奠飨恩，危时不助神通力。我今愧恧拙为神，且向山中深避匿。寰中箫管不曾闻，筵上牺牲无处觅。旋教魔鬼傍乡村，诛剥生灵过朝夕。妾闻此语愁更愁，天遣时灾非自由。神在山中犹避难，何须责望东诸侯。前年又出杨震关，举头云际见荆山。如从地府到人间，顿觉时清天地闲。陕州主帅忠且贞，不动干戈唯守城。蒲津主帅能戢兵，千里晏然无犬声。朝携宝货无人问，暮插金钗唯独行。明朝又过新安东，路上乞浆逢一翁。苍苍面带苔藓色，隐隐身藏蓬荻中。问翁本是何乡曲？底事寒天霜露宿？老翁暂起欲陈辞，却坐支颐仰天哭。乡园本贯东畿县，岁岁耕桑临近甸。岁种良田二百廛，年输户税三千万。小姑惯织褐绅袍，中妇能炊红黍饭。千间仓兮万丝箱，黄巢过后犹残半。自从洛下屯师旅，日夜巡兵入村坞。匣中秋水拔青蛇，旗上高风吹白虎。入门下马若旋风，罄室倾囊如卷土。家财既尽骨肉离，今日垂年一身苦。一身苦兮何足嗟，山中更有千万家。朝饥山上寻蓬子，夜宿霜中卧荻花。妾闻此老伤心语，<u>竟日阑干泪如**雨**</u>。出门惟见乱枭鸣，更欲东奔何处所。仍闻汴路舟车绝，又道彭门自相杀。野宿徒销战士魂，河津半是冤人血。适闻有客金陵至，见说江南风景异。自从大寇犯中原，戎马不曾生四鄙。诛锄窃盗若神功，惠爱生灵如赤子。城壕固护教金汤，赋税如云送军垒。奈何四海尽滔滔，湛然一镜平如砥。避难徒为阙下人，怀安却羡江南鬼。愿君举棹东复东，咏此长歌献相公。

飞花令里读唐诗

雪

送元宗简

张籍

貂帽垂肩窄皂裘，雪深骑马向西州。
暂时相见还相送，却闭闲门依旧愁。

送圆上人归庐山

李中

莲宫旧隐尘埃外，策杖临风拂袖还。
踏雪独寻青嶂下，听猿重入白云间。
萧骚红树当门老，斑驳苍苔锁径闲。
预想松轩夜禅处，虎溪圆月照空山。

房家夜宴喜雪，戏赠主人

白居易

风头向夜利如刀，赖此温炉软锦袍。

桑落气薰珠翠暖，柘枝声引管弦高。

酒钩送盏推莲子，烛泪粘盘垒蒲萄。

不醉遣侬争散得，门前雪片似鹅毛。

大蜀皇帝潜龙日述圣德诗

贯休

紫髯青眼代天才，韩白孙吴稍可陪。

只见赤心尧日下，岂知真气梵天来。

听经瑞雪时时落，登塔天花步步开。

尽祝庄椿同寿考，人间岁月岂能催。

别董大

高适

千里黄云白日曛，<u>北风吹雁雪纷纷</u>。
莫愁前路无知己，天下谁人不识君？

竹枝词

刘禹锡

<u>两岸山花似雪开</u>，家家春酒满银杯。
昭君坊中多女伴，永安宫外踏青来①。

【注释】

①永安宫：宫殿名，故址在今重庆奉节城内。
222年，刘备自猇亭战败后，驻军在白帝城，建此
宫，第二年在此地去世。

白雪歌送武判官归京

岑参

北风卷地白草折①，胡天八月即飞雪②。

忽如一夜春风来，千树万树梨花开。

散入珠帘湿罗幕③，狐裘不暖锦衾薄④。

将军角弓不得控⑤，都护铁衣冷难着。

瀚海阑干百丈冰⑥，愁云惨淡万里凝。

中军置酒饮归客⑦，胡琴琵琶与羌笛。

纷纷暮雪下辕门⑧，风掣红旗冻不翻⑨。

轮台东门送君去⑩，去时雪满天山路⑪。

山回路转不见君，雪上空留马行处。

【注释】

①白草：西域的一种草，秋天干枯后颜色变白。②胡天：指塞北一带的天空。胡，我国古代对北方各少数民族的通称。③珠帘：用珍珠缀成的帘子。与下文的"罗幕"一样，是美化的说法。④锦

衾薄：丝绸的被子（因为寒冷）都显得单薄了。衾，被子。⑤角弓：一种以兽角做装饰的硬弓。控：拉开。⑥瀚海：沙漠。阑干：纵横交错的样子。⑦中军：主帅的营帐。饮归客：宴饮后回去的人，指武判官。⑧辕门：军营的大门，古时行军扎寨，以车环卫，在出入处用两车的车辕相向竖立，作为营门，故称辕门。⑨"风掣"句：意为红旗已然被冻住，风吹时也不再飘动。掣，拉、扯。⑩轮台：在今新疆维吾尔自治区，当时是安西节度使军府所在地。⑪天山：在今新疆维吾尔自治区境内。

【赏析】

　　天宝十三载（754 年），岑参再度出塞，充任安西北庭节度使封常清的判官。

　　当时岑参受到封常清的器重，对生活和理想充满热情。他怀着到塞外建功立业的远大志向，两度出塞，先后在边疆军队中生活了六年，因而对戎马征战的艰苦生活、壮阔荒寒的塞外风光有着长期的观察与体会。他的大多数边塞诗成于这一时期。

　　《白雪歌送武判官归京》是岑参边塞诗的代表作。在这首诗中，诗人以敏锐的观察力和浪漫奔放的笔调，描绘了祖国西北边塞奇特壮丽的风光，描写了边塞军营送别时热烈豪放的场面，表现了诗人和边防将士的爱国热情以及战友间的真挚感情。

武判官是岑参的前任，岑参送他归京时写下此诗。全诗写北地飞雪的壮丽之景和雪中送别武判官之情。

全诗以一天雪景的变化为线索，记叙送别的过程，可分为三个部分。从"北风"至"万里凝"是泛咏胡天的雪景。开篇起得俊逸奇突，未及白雪而先传风声，"白草折"显出风来势猛。八月秋高，而北地已满天飞雪。"忽如一夜春风来，千树万树梨花开"两句以江南绮丽春色中梨花盛开的景象比喻北国雪景，可谓匠心独运，造景奇绝。"即"和"忽如"，形象地表现了人们早晨起来突然看到雪景时的惊异神情。

接着，诗笔从帐外转到帐内，写雪后严寒。诗人以狐裘不暖、角弓不得控、铁衣难着来衬出白雪威力下的天气奇寒。场景再次移到帐外，延伸到广远的沙漠和辽阔的天空，为"武判官归京"安排了一个典型的送别环境。笔触之细致，让读者也似乎能感受到那凛凛寒意。但将士们并没有因此而懈怠，"不得控"，暗示了尽管天气冷，但他们还在拉弓训练；"冷难着"，暗示了尽管铁甲冰寒刺骨，他们依然全副武装，时刻准备战斗。看似写天气寒冷，实际上是用来反衬将士们高昂、乐观的情绪。

之后，诗歌转为从正面写送别武判官，先在中军帐（主帅营帐）置酒饮别，然后将客人送出军门，最后送至轮台东门。"纷纷暮雪下辕门，风掣红旗冻不翻"，一白一红，一动一静，相互映衬，画面生动，色彩对比极为鲜明。

末尾两句写诗人一直伫立在雪中目送武判官远去，直到雪地上只留着一行马蹄印，平淡质朴的语言中可见其悠悠不尽之情。

全诗以白雪起，以白雪送别作结，用四个"雪"字，写出别前、饯别、临别、别后四幅不同画面的雪景，一路奇情异彩，十分动人。

大肆夸张是本诗的最大特点。"千树万树梨花开""愁云惨淡万里凝"，极尽铺陈夸张之能事，将事物表现得大气磅礴，炫人眼目。本诗另一个突出特点是格调高亢。表层寒冷惨淡，内里却充满激扬的热情。"胡琴琵琶与羌笛""风掣红旗冻不翻"，即便边塞苦寒，将士们仍能苦中作乐，展现出军人不屈的意志和豪迈的意气。全诗读来，不仅不会因边军生活寒苦产生悲悯情怀，反而会因他们感到振奋和欢欣。

梅

代女道士王灵妃赠道士李荣

骆宾王

玄都五府风尘绝，碧海三山波浪深。桃实千年非易待，桑田一变已难寻。别有仙居对三市，金阙银宫相向起。台前镜影伴仙娥，楼上箫声随凤史。凤楼迢递绝尘埃，莺时物色正装回。灵芝紫检参差长，仙桂丹花重叠开。双童绰约时游陟，三鸟联翩报消息。尽言真侣出遨游，传道风光无限极。轻花委砌惹裾香，残月窥窗觇幌色。个时无数并妖妍，个里无穷总可怜。别有众中称黜帝，天上人间少流例。洛滨仙驾启遥源，淮浦灵津符远篆。自言少小慕幽玄，只言容易得神仙。珮中邀勒经时序，箫里寻思复几年。寻思许事真情变，二人容华识少选。漫道烧丹止七飞，空传化石曾三转。寄语天上弄机人，寄语河边值查客，乍可匆匆共百年，谁使遥遥期七夕。想知人意自相寻，果得深心共一心。一心一意无穷已，投漆投胶非足拟。只将羞涩当风流，持此相怜保终始。相怜相念倍相亲，一生一代一双人。不把丹心比玄石，惟将浊水况清尘。只言柱下留期信，好欲将心学松薤。不能京兆画蛾眉，翻向成都骋驷引。青牛紫气度灵关，尺素艳鳞去不还。连苔上砌无穷绿，修竹临坛几处斑。此时空床难独守，此日别离那可久。梅花如雪柳如丝，年去年来不自持。初言别在寒偏在，何悟春来春更思。春时物色无端绪，双枕孤眠谁分许。分念娇莺一种啼，生憎燕子千般语。朝云旭日照青楼，迟晖丽色满皇州。落花泛泛浮灵沼，垂柳长长拂御沟。御沟大道多奇赏，侠客妖容递来往。宝骑连花铁作钱，香轮鹜水珠为网。香轮宝骑竞繁华，可怜今夜宿倡家。鹦鹉杯中浮竹叶，凤凰琴里落梅花。许辈多情偏送款，为问春花几时满。千回鸟信说众诸，百过莺啼说长短。长短众诸判不寻，千回百过浪关心。何曾举意西邻玉，未肯留情南陌金。南陌西邻咸自保，还缠归期须及早。为想三春狭斜路，莫辞九折邛关道。假令白里似长安，须使青牛学剑端。蘋风入驭来应易，竹杖成龙去不难。龙飙去去无消息，鸾镜朝朝减容色。君心不记下山人，妾欲空期上林翼。上林三月鸿欲稀，华表千年鹤未归。不分淹留桑路待，只应直取桂轮飞。

送刘谷

李郢

村桥西路雪初晴，云暖沙干马足轻。
寒涧渡头芳草色，新**梅**岭外鹧鸪声。
邮亭已送轻车发，山馆谁将候火迎。
落日千峰转迢递，知君回首望高城。

杨柳枝词

白居易

六么水调家家唱，白雪**梅**花处处吹。
古歌旧曲君休听，听取新翻杨柳枝。

春至
白居易

若为南国春还至，争向东楼日又长。
白片落**梅**浮涧水，黄梢新柳出城墙。
闲拈蕉叶题诗咏，闷取藤枝引酒尝。
乐事渐无身渐老，从今始拟负风光。

樱桃
张祜

石榴未拆**梅**犹小，爱此山花四五株。
斜日庭前风袅袅，碧油千片漏红珠。

白片落梅浮涧水

石榴未拆梅犹小

73

与史郎中钦听黄鹤楼上吹笛

李白

一为迁客去长沙①，西望长安不见家。
黄鹤楼中吹玉笛，<u>江城五月落梅花</u>②。

【注释】

　　①迁客：指流迁或被贬到外地的官员。②江城：指江夏，今湖北省武汉市江夏区。梅花：这里指《梅花落》，为笛曲曲牌名。

【赏析】

　　唐乾元元年（758年），李白因永王李璘事件受到牵连，被加以"附逆"的罪名流放夜郎。途中经过武昌，诗人游黄鹤楼写下此诗，主要抒发了诗人无辜遭流放后内心的愁苦。

　　西汉时著名文臣贾谊才华横溢，年纪轻轻就身居高位，却因为上书指斥时政，触怒了权臣，

74

结果被谗言所毁，贬官长沙。李白的遭遇与他有些类似，同为无辜受累之人。"一为迁客去长沙"，正是用贾谊的不幸来比喻自身的遭遇，既有对自身无辜受害的愤懑，又有自我辩白之意。

然而，不幸的遭遇和沉重的打击并未使诗人就此忘怀国事，即便是在流放途中，他依然会"西望长安"，这一动作里既有对往事的回忆，也包含了对朝廷的眷恋以及对国运的关切。然而，长安远隔千里，又怎么可能望见呢？对此诗人自然不免感到惆怅。

恰好在他游览黄鹤楼的同时，听到有人在吹奏《梅花落》，这凄清的曲调正与诗人低迷的心情相符，听着听着诗人仿佛真的看到了梅花飘落于这五月天里。梅花开于寒冬，景象冷峻俏美，给人以凛然生寒的感觉，这也正是此时诗人落寞心情的真实写照。不仅如此，梅花漫天纷飞的景象还让人联想到邹衍下狱、六月飞霜的民间传说，这不免将作者的无辜与委屈委婉地体现出来。这种由乐声联想到画面的表现手法，就是论诗家通常所说的"通感"。诗人由笛声想到梅花，由听觉诉诸视觉，声色交融，将冷落的心境与苍凉的景色相结合，有力地烘托了去国怀乡的悲思愁绪。

这首诗胜在艺术结构独特，诗人写闻笛之感，却没有按照闻笛而生情那样的顺序去一一叙写，而是先写情，然后再写闻笛。前半部分捕捉了"西望"的典型动作加以描写，传神地表达了怀念帝都之情和"望"而"不见"的愁苦；后半部分才点出闻笛，从笛声化出"江城五月落梅花"的苍凉景象，借景抒情，使前后情景相生，妙合无垠。全诗艺术结构独特，曲折有致。

襄阳歌

李白

落日欲没岘山西①，倒著接䍦花下迷。襄阳小儿齐拍手，拦街争唱《白铜鞮》②。旁人借问笑何事，笑杀山公醉似泥。鸬鹚杓③，鹦鹉杯。百年三万六千日，一日须倾三百杯。遥看汉水鸭头绿，恰似葡萄初酸醅④。此江若变作春酒，垒曲便筑糟丘台。千金骏马换小妾，醉坐雕鞍歌《落梅》。车旁侧挂一壶酒，凤笙龙管行相催。咸阳市中叹黄犬，何如月下倾金罍⑤？君不见晋朝羊公一片石，龟头剥落生莓苔。泪亦不能为之堕，心亦不能为之哀。清风朗月不用一钱买，玉山自倒非人推。舒州杓，力士铛，李白与尔同死生。襄王云雨今安在？江水东流猿夜声。

【注释】

①岘山：在今湖北省襄阳市襄州区南，也作岘首山。②《白铜鞮》：一首南朝童谣，在襄阳一带流行。③鸬鹚杓：长柄酒杓，形状像长颈水鸟鸬鹚，故名鸬鹚杓。④酸醅：重酿没有过滤的酒。⑤罍：一种酒器。

兰

兰陵美酒郁金香

客中作

李白

兰陵美酒郁金香①，玉碗盛来琥珀光。
但使主人能醉客，不知何处是他乡。

【注释】

　　① 郁金：一种香草，浸到酒中能使酒液呈金黄色。

木兰曾作女郎来

戏题木兰花

白居易

紫房日照胭脂拆，素艳风吹腻粉开。
怪得独饶脂粉态，木兰曾作女郎来。

无题

李商隐

昨夜星辰昨夜风，画楼西畔桂堂东。
身无彩凤双飞翼，心有灵犀一点通。
隔座送钩春酒暖，分曹射覆蜡灯红。
嗟余听鼓应官去，走马兰台类转蓬。

【赏析】

这首恋情诗作于唐文宗开成四年（839 年），追忆前夜在宴席上见到的意中人，分离的惆怅哀伤流露诗中。

首联借景抒情，宴会席上的种种情节，触发了诗人的回忆。他绕开了直叙昨夜一见钟情的情景的普通笔法，而是通过渲染铺垫，自然而然地引出对昨夜相逢的回忆。

宴会上一片祥和景象，浩瀚的夜空中闪烁着点点繁星，伴随着和煦的春风，令人沉醉的花香在空气中弥漫，充满天地之间，这简直就是昨夜景象的重现。然而，回首之间，却蓦然想起昨夜在酒席之上，花楼之畔、桂堂东边与意中人相逢的一幕却永远成了回忆。晚风、星辰、画楼、桂堂等意象的出现，烘托出昨夜静谧柔和的旖旎氛围。措辞华丽，流转于唱叹之间，将回忆描写得温馨而深情。

颔联接续首联的文意，顺水推舟地刻画自己对意中人的思念。在诗人看来，就算没有凤凰那一双美丽的翅膀，不能飞越万般阻碍到意中人面前，也是不足悲伤的。因为他相信两人彼此顾念眷恋的心情相同，就像灵异的犀角一样相通。这两句的比喻不仅恰当妥帖，而且极为新奇，充满浪漫色彩。"身无"与"心有"二词构成一组巧妙的对比，一进一退间互相照应，不仅使诗歌的节奏变得跌宕起伏，同时还体现了诗人既喜悦又怅惘的心绪。用以己度人的写法，表现了对这段缘分的珍视和自信，体现了李商隐对微妙心理变化的把握与掌控。

颈联从思念之情写到了对当时宴会情形的回忆。诗人将思情与回忆穿插起来描写，是为了更进一步推进感情。这一联的场景描写，反衬了他孤寂忧郁的情怀。昨夜席间，欢声笑语一派欢乐景象。赴宴的人们玩着藏钩射覆的游戏。环境的铺叙，为下文无奈各自分散的凄凉做好铺垫，以乐景写哀情，反衬诗人的无望、无奈。

尾联继续颈联的描写，描写宴会散后诗人离开意中人后的落寞与悲哀，是对离散赴任的慨叹。昨夜宴乐欢愉，持续通宵。桂堂内的宫商之音还未落下，楼外的钟鼓之声就已经响起，催促诗人去秘书省应差。诗人认为自己的人生只是一丛蓬草，随风摆动身不由己。想到自己这一走，与意中人后会无期，因此他的心中满是愁绪，相思之情溢于言表。结尾两句在绮丽流动的风格中有着沉郁悲慨的自伤意味。

从军行

王昌龄

青海长云暗雪山①，孤城遥望玉门关。
黄沙百战穿金甲，不破楼兰终不还。

【注释】

  ①青海：青海湖，在今青海省西宁市西。雪
山：这里指甘肃省的祁连山脉。

忆夏口

罗隐

汉阳渡口兰为舟，汉阳城下多酒楼。
当年不得尽一醉，别梦有时还重游。
襟带可怜吞楚塞，风烟只好狎江鸥。
月明更想曾行处，吹笛桥边木叶秋。

良宵公子宴兰堂

夜饮
曹松

良宵公子宴兰堂，浓麝薰人兽吐香。
云带金龙衔画烛，星罗银凤泻琼浆。
满屏珠树开春景，一曲歌声绕翠梁。
席上未知帘幕晓，青娥低语指东方。

秋比松枝春比兰

赠庐山道士
杨衡

寂寥高室古松寒，松下仙人字委鸾。
头垂白发朝鸣磬，手把青芝夜绕坛。
物像自随尘外灭，真源长向性中看。
悠悠万古皆如此，秋比松枝春比兰。

飞花令里读唐诗

竹

远别离

李白

远别离，古有皇英之二女，乃在洞庭之南，潇湘
之浦。

海水直下万里深，谁人不言此离苦？

日惨惨兮云冥冥，猩猩啼烟兮鬼啸雨。

我纵言之将何补？

皇穹窃恐不照余之忠诚，雷凭凭兮欲吼怒。

尧舜当之亦禅禹。

君失臣兮龙为鱼，权归臣兮鼠变虎。

或云：尧幽囚，舜野死。

九疑联绵皆相似①，重瞳孤坟竟何是？

帝子泣兮绿云间②，随风波兮去无还。

恸哭兮远望，见苍梧之深山。

苍梧山崩湘水绝，**竹**上之泪乃可灭③。

【注释】

　　①九疑：苍梧山，在今湖南省宁远县南。因九
个山峰连绵相似，不易辨别，故又称九嶷山。②帝

子：指舜帝的两个妻子娥皇和女英。传说舜死后，娥皇、女英悲伤落泪，泪滴落竹上，竹子长出斑纹。③乃：才会。

【赏析】

这是一首古体诗，也是李白的名篇之一。《远别离》是乐府"别离"十九曲之一，内容多写悲伤、离别之事。诗人通过描写娥皇、女英二妃与舜帝生离死别的故事，渲染了浓重的别离氛围和悲伤情绪。其中"君失臣兮龙为鱼，权归臣兮鼠变虎"两句说明诗人思考了君权旁落的后果，表现了对大唐王朝前途的担忧。就艺术上来讲，诗人深得楚辞、骚体的艺术精髓，巧妙地为现实政治批判披上了一层凄美别离的爱情外衣。

"远别离，古有皇英之二女，乃在洞庭之南，潇湘之浦。"开篇便置于浓厚的历史背景下，概括了娥皇、女英千里寻夫的故事。传说，尧将两个女儿娥皇、女英许配给了舜，并让位于他。舜南巡时，驾崩于苍梧山（九嶷山），娥皇、女英悲不自胜，遂漫游于洞庭、潇湘寻夫，其恸哭落泪形成斑竹。

《红楼梦》中林黛玉被称为潇湘妃子，这个名字不仅令人想起她可怜的身世和敏感多愁的性格，似乎也预示了她一生的悲剧。二妃寻夫的传说本身就是一个带有浓重悲情气氛的离别故事，李白采取这个题材入诗，开头就创造了凄清悲凉的意境。"海水直下万里深"，是说娥皇、女英潜入潇湘之水去寻夫，其痴心可见，更渲染了悲情气氛。"谁人不言此离苦"一句引起读者强烈的共鸣。

接下来两句"日惨惨兮云冥冥，猩猩啼烟兮鬼啸雨"继续通过描写洞庭潇湘的景物来渲染悲凉伤感的气氛。乌云滚滚，遮天蔽日；暴风骤雨，猩猿啼鸣。面对这样的景象，说了又有什么用处呢？这两句表面上看是在说自己的描绘已经是在这个故事发生的千百年后了，于娥皇、女英寻夫之果没有任何意义。实际上，对景物的渲染也是在暗示当时的李唐王朝正处于波谲云诡、暗无天日的统治下，作为一个个人前途无法把握、壮志理想无法实现的文人，说什么都于事无补。

无人听取和采纳诗人的忠谏，也没有人能了解诗人的一片忠心。"皇穹窃恐不照余之忠诚，雷凭凭兮欲吼怒。"意为连上天都不能察知我的忠心，反而鸣雷向我发出怒号。这两句的现实意义是说，当今皇帝不能了解我的忠心，当权之士还对我严加恫吓。

"尧舜当之亦禅禹。君失臣兮龙为鱼，权归臣兮鼠变虎。"如果君不君、臣不臣就容易大权旁落，奸臣当权，导致原本贵为九五之尊的人中之龙就会变成俎上之鱼，原本应该恪尽职守的人臣就会变成吃人的老虎，这种情况下君王也不得不禅位于臣了。

"或云：尧幽囚，舜野死。"这一句说的是尧被舜幽禁而终，舜巡视时被禹刺杀的传说。虽然在《史记》《国语》中均有这样的记载，这种说法儒家一般不认可。李白在《上安州裴长史书》中说自己"五岁诵六甲，十岁观百家"，显然他接受的教育与一般诵读"四书五经"的家庭教育不同。在这里他采用了"或云"的说法，认为尧幽囚、舜野死都是君臣失当、大权旁落的结果，而所谓的禅让也只是被迫的溢美之词。

"九疑联绵皆相似，重瞳孤坟竟何是？""重瞳"，代指舜，相

飞花令里读唐诗

传他两眼各有两个瞳仁。舜死后即被就近葬于九嶷山，但连绵相似的山峰中哪个才是他真正的葬身之地呢？尧舜禹汤在历史上被誉为贤君的代表，这千古一帝之死竟然如此扑朔迷离，连葬身之所都不知何处，直教二妃于绿竹间嘤嘤恸哭，泪洒而成斑竹。政治上君臣之失义、大权之旁落发人深省，爱情中纵死不泯的痴情悲剧感人至深。

"苍梧山崩湘水绝，竹上之泪乃可灭。"这两句的艺术手法与汉乐府《上邪》"上邪，我欲与君相知，长命无绝衰。山无陵，江水为竭，冬雷震震，夏雨雪，天地合，乃敢与君绝"近似。实际上，苍梧山不会崩陷，潇湘水也不会绝流，那么娥皇和女英的眼泪也无休止的一日了。

全诗通过描写潇湘风物营造了极其悲伤的氛围，在迷离的传说中，诗人用楚歌、骚体的艺术表现手法，将自己对当时政治的见解若隐若现地表达出来。这种欲吐还吞的口吻和悲伤凄迷的传说相得益彰，其创造的悲凄、深远的意境具有强大的艺术感染力。

瑶池

李商隐

瑶池阿母绮窗开，黄**竹**歌声动地哀。
八骏日行三万里^①，穆王何事不重来？

【注释】

①"八骏"句：穆王所乘的车由八匹骏马而拉，传说可日行三万里。

后池泛舟送王十

杜牧

相送西郊暮景和，青苍**竹**外绕寒波。
为君醮甲十分饮，应见离心一倍多。

飞花令里读唐诗

送卢举使河源

张谓

故人行役向边州，匹马今朝不少留。
长路关山何日尽，满堂丝**竹**为君愁^①。

【注释】

　① 丝竹：中国传统民族弦乐器和竹制管乐器的统称，也泛指音乐。

早夏月夜问王开

刘商

清风首夏夜犹寒，嫩笋侵阶**竹**数竿。
君向苏台长见月，不知何事此中看。

悼稚

顾况

稚子比来骑**竹**马①，犹疑只在屋东西。
莫言道者无悲事，曾听巴猿向月啼。

【注释】

①比来：从前，曾经。

发柏梯寺

赵嘏

一泓秋水千竿**竹**，静得劳生半日身。
犹有向西无限地，别僧骑马入红尘。

飞花令里读唐诗

菊

菊花能醉去官人

酬屈突陕

刘长卿

落叶纷纷满四邻，萧条环堵绝风尘。
乡看秋草归无路，家对寒江病且贫。
藜杖懒迎征骑客，**菊**花能醉去官人。
怜君计画谁知者，但见蓬蒿空没身。

丛菊两开他日泪

秋兴

杜甫

玉露凋伤枫树林，巫山巫峡气萧森。
江间波浪兼天涌，塞上风云接地阴。
丛**菊**两开他日泪，孤舟一系故园心。
寒衣处处催刀尺，白帝城高急暮砧。

92

飞花令里读唐诗

九日寄行简 ①

白居易

摘得**菊**花携得酒，绕村骑马思悠悠。
下邽田地平如掌 ②，何处登高望梓州。

【注释】

　　① 行简：白行简，字知退，白居易的弟弟。
② 下邽：白家兄弟的故乡。

重阳阻雨

鱼玄机

满庭黄**菊**篱边拆，两朵芙蓉镜里开。
落帽台前风雨阻，不知何处醉金杯。

寄王侍御

谭用之

鸟尽弓藏良可哀，谁知归钓子陵台。

炼多不信黄金耗，吟苦须惊白发催。

喘月吴牛知夜至，嘶风胡马识秋来。

燕歌别后休惆怅，黍已成畦**菊**已开。

绝句

喻凫

银地无尘金**菊**开，紫梨红枣堕莓苔。

一泓秋水一轮月，今夜故人来不来？

飞花令里读唐诗

菊花

元稹

秋丛绕舍似陶家，遍绕篱边日渐斜。
不是花中偏爱**菊**，此花开尽更无花。

【赏析】

菊花是古时文人骚客笔下常见的意象，其高洁的品质历来为人歌颂。元稹这首《菊花》却在咏叹菊花的品格之外，别出心裁地指出了他偏爱菊花的原因。这首诗是元稹青年时期所作，是对菊花的讴歌和赞颂，其中"不是花中偏爱菊，此花开尽更无花"是千古咏菊之绝唱。

"秋丛绕舍似陶家"，"陶"指东晋陶渊明，他对菊花十分喜欢，其诗作《饮酒》有言："采菊东篱下，悠然见南山。"元稹诗中首句是写自己家周围开满了一丛丛秋菊，就像陶渊明家一样。"秋丛绕舍"四字既表现出秋菊之多，也表现了诗人对秋菊的喜爱之深。

次句"遍绕篱边日渐斜"是景物描写：夕阳西下，天空被夕阳染红，菊花就在余晖的照射下缠绕在篱笆墙边，空气中散发着菊花的阵阵清香。这幅画面极为细致，若非有爱菊、怜菊之心，恐怕难以捕捉到。

历来古人偏爱菊花，元稹却说"不是花中偏爱菊"，由此诗人开始阐述自己爱菊的原因。他说百花之中，自己并不是仅偏爱菊花。这句实是反语，诗人自言自己并非只偏爱菊，实则诗人恰恰偏爱菊花。他把自己家周围的秋菊与陶渊明家相比，又能敏感地捕捉到落日时分美妙的菊景，无一不传达着诗人"偏爱菊"的信息。

"此花开尽更无花"，最后一句点出全诗核心。每年菊花开过以后，就再也看不到花开了。这一句道出"不是花中偏爱菊"的原因，即诗人在陈述自己"偏爱菊"的原因。菊花的衰落预示冬季将至，一旦冬天来临，万物就将陷入沉寂之中。菊花在这萧飒的深秋时分装点自然，迎着寒风绽放，不畏寒冷，意志坚强，正是赢得诗人"偏爱"的原因。

既写菊花，又不止于菊花。元稹用平实的语言表现出对菊花的喜爱之情，更以菊花自喻，表达了傲然独立、不与世俗相争的情操，赞美了那些默默无闻散发芬芳、绽放风采的高洁之士。

青

有所思

卢仝

当时我醉美人家，美人颜色娇如花。

今日美人弃我去，青楼珠箔天之涯①。

天涯娟娟姮娥月②，三五二八盈又缺。

翠眉蝉鬓生别离③，一望不见心断绝。

心断绝，几千里？

梦中醉卧巫山云，觉来泪滴湘江水。

湘江两岸花木深，美人不见愁人心。

含愁更奏绿绮琴，调高弦绝无知音。

美人兮美人，不知为暮雨兮为朝云。

相思一夜梅花发，忽到窗前疑是君。

【注释】

①青楼：豪华精致的楼房，常指美人的居所。珠箔：珠帘子。②姮娥：嫦娥。③翠眉蝉鬓：均指美人。翠眉，指古代女子用青黛画的眉。蝉鬓，古代妇女的一种发式，望之缥缈如蝉翼，故称蝉鬓。

丹青引

杜甫

　　将军魏武之子孙，于今为庶为清门。英雄割据虽已矣，文采风流今尚存。学书初学卫夫人，但恨无过王右军。丹青不知老将至，富贵于我如浮云。开元之中常引见，承恩数上南薰殿。凌烟功臣少颜色，将军下笔开生面。良相头上进贤冠，猛将腰间大羽箭。褒公鄂公毛发动，英姿飒爽来酣战。先帝天马玉花骢，画工如山貌不同。是日牵来赤墀下，迥立阊阖生长风。诏谓将军拂绢素，意匠惨澹经营中。斯须九重真龙出，一洗万古凡马空。玉花却在御榻上，榻上庭前屹相向。至尊含笑催赐金，圉人太仆皆惆怅。弟子韩幹早入室，亦能画马穷殊相。幹惟画肉不画骨，忍使骅骝气凋丧。将军画善盖有神，必逢佳士亦写真。即今漂泊干戈际，屡貌寻常行路人。途穷反遭俗眼白，世上未有如公贫。但看古来盛名下，终日坎壈缠其身。

将进酒

李白

君不见黄河之水天上来，奔流到海不复回。

君不见高堂明镜悲白发，<u>朝如青丝暮成雪</u>。

人生得意须尽欢，莫使金樽空对月。

天生我材必有用，千金散尽还复来。

烹羊宰牛且为乐，会须一饮三百杯^①。

岑夫子，丹丘生^②，将进酒，杯莫停。

与君歌一曲，请君为我倾耳听。

钟鼓馔玉何足贵^③，但愿长醉不愿醒。

古来圣贤皆寂寞，惟有饮者留其名。

陈王昔时宴平乐^④，斗酒十千恣欢谑^⑤。

主人何为言少钱，径须沽取对君酌^⑥。

五花马^⑦，千金裘^⑧。

呼儿将出换美酒，与尔同销万古愁！

【注释】

①会须：正应当。②岑夫子，丹丘生：指岑勋和元丹丘。二人都是李白的朋友。③钟鼓馔玉：

飞花令里读唐诗

泛指豪门的奢华生活。钟鼓，指富贵人家宴会奏乐时使用的乐器。馔玉，形容饭食像玉一样精美。足：值得。④陈王：指曹操之子曹植，曹植曾被封为陈王。平乐：观名，在洛阳市西门外，汉朝时为富豪显贵的娱乐场所。⑤恣：尽情。⑥径须：只需。⑦五花马：毛色呈五种花纹的良马。指名贵的马。⑧千金裘：价值千金的皮衣。

【赏析】

　　《将进酒》原是汉乐府短箫铙歌的曲调，即"劝酒歌"。李白这首名篇，大约作于天宝十一载（752年）。长安放还后，他到处游历，曾与友人岑勋、元丹丘三人欢宴豪饮。

　　在唐朝，饮酒蔚然成为一种社会文化现象，人们在生活中离不开酒。唐朝的酒多带有"春"字，酒色有红、绿、黄、白、碧、青、紫，异彩纷呈；酒味有醇烈、甘辛、浓淡、清浊之别，其中以香醇最为贵重。在长安、洛阳等大都市中，酒的价格十分昂贵，名贵的酒大约一斗十千钱，这样的酒李白可以负担得起，而像杜甫这样的寒士，就只能饮一斗三百钱的中等酒。

　　李白一生放浪诗酒，酒是他消除忧愁的良方，又是激发他挥毫作诗的引子。"李白斗酒诗百篇"，这篇《将进酒》，酣畅淋漓地抒发了李白怀抱用世之才而不遇的一腔悲情，吐露了他沉醉酒中的痛苦矛盾心情，展现了他的人生态度和艺术个性。

"君不见黄河之水天上来"一句，写大河之来，势不可当；"奔流到海不复回"一句，写大河之去，势不可回。一涨一消，舒卷往复，余味不尽。正因为人生短促易逝，才更应该尽情地享受生命的欢乐，不要辜负光阴。"天生我材必有用"，因此要完美地实现自己的人生价值。然而，富贵只是过眼云烟，不能长久，古来圣贤也身后寂寞，黑暗的现实堵塞了李白实现抱负的道路，只有饮者才能留名千古，因此他要借酒"与尔同销万古愁"。

全诗大开大阖，篇首即用两个"君不见"领起，写大河之来，势不可当；大河之去，势不可回，气势磅礴。诗中屡用含数字的词，如"千金""三百杯""斗酒十千""千金裘""万古愁"等来表现豪迈诗情和奔涌跌宕的感情激流，情悲而不伤，悲而壮，具有震动古今的气势与力量。《唐诗别裁集》说读李诗者于雄快之中，得其深远宕逸之神，才是谪仙人面目，此篇足以当之。

题画鹭鸶兼简孙郎中

齐己

曾向沧江看不真，却因图画见精神。

何妨金粉资高格，不用丹青点此身。

蒲叶岸长堪映带，荻花丛晚好相亲。

思量画得胜笼得，野性由来不恋人。

古剑篇

郭震

君不见昆吾铁冶飞炎烟，红光紫气俱赫然。

良工锻炼凡几年，铸得宝剑名龙泉。

龙泉颜色如霜雪，良工咨嗟叹奇绝。

琉璃玉匣吐莲花，错镂金环映明月。

正逢天下无风尘，幸得周防君子身。

精光黯黯青蛇色，文章片片绿龟鳞。

非直结交游侠子，亦曾亲近英雄人。

何言中路遭弃捐，零落飘沦古狱边。

虽复尘埋无所用，犹能夜夜气冲天。

不用丹青点此身

精光黯黯青蛇色

青

103

洛阳女儿行

王维

洛阳女儿对门居，才可容颜十五余。

良人玉勒乘骢马，侍女金盘脍鲤鱼。

画阁朱楼尽相望，红桃绿柳垂檐向。

罗帏送上七香车，宝扇迎归九华帐。

狂夫富贵在青春，意气骄奢剧季伦。

自怜碧玉亲教舞，不惜珊瑚持与人。

春窗曙灭九微火，九微片片飞花琐。

戏罢曾无理曲时，妆成祇是熏香坐。

城中相识尽繁华，日夜经过赵李家。

谁怜越女颜如玉，贫贱江头自浣纱。

湖南春日

戎昱

三湘漂寓若流萍，万里湘乡隔洞庭。

羁客春来心欲碎，东风莫遣柳条青。

天

忆扬州

徐凝

萧娘脸薄难胜泪①，桃叶眉长易觉愁。
<u>天</u>下三分明月夜，二分无赖是扬州。

【注释】

①萧娘：南朝以来，诗词中的男子所恋的女子常被称为萧娘，女子所恋的男子常被称为萧郎。

瑶瑟怨

温庭筠

冰簟银床梦不成①，碧<u>天</u>如水夜云轻。
雁声远过潇湘去，十二楼中月自明②。

【注释】

①簟：竹席。②十二楼：传说昆仑山上有五城十二楼，是仙人的住处。

悲陈陶

杜甫

孟冬十郡良家子①，血作陈陶泽中水②。

野旷**天**清无战声，四万义军同日死③。

群胡归来血洗箭④，仍唱胡歌饮都市⑤。

都人回面向北啼⑥，日夜更望官军至。

【注释】

　　①孟冬：农历十月。十郡：指秦中各郡。②陈陶：地名，在长安西北。③义军：官军。④群胡：指安史叛军。安禄山是胡人，史思明是突厥人。他们的部下也多为北方少数民族。⑤都市：指长安街市。⑥向北啼：当时唐肃宗驻守灵武，在长安之北，故都人向北而啼。

天

宣州谢朓楼饯别校书叔云

李白

弃我去者，昨日之日不可留。

乱我心者，今日之日多烦忧。

长风万里送秋雁，对此可以酣高楼。

蓬莱文章建安骨①，中间小谢又清发②。

俱怀逸兴壮思飞，欲上青天览明月③。

抽刀断水水更流，举杯消愁愁更愁。

人生在世不称意，明朝散发弄扁舟。

【注释】

①蓬莱文章：蓬莱本是传说中的仙山，多藏宝典秘录。东汉时人称国家藏书处为蓬莱山，这里用蓬莱文章代指汉代的文章。建安骨：曹操父子和"建安七子"的作品风格苍健道劲，被后人称为建安风骨。②小谢：这里指谢朓。他以山水风景诗见长，后人常将他和谢灵运并举，因他的时代在后，故称他为"小谢"。清发：清新。③览：同"揽"。

【赏析】

　　唐天宝元年（742年），李白怀着远大的政治理想来到长安，供奉翰林院，但他还没来得及施展抱负就被人诬陷离开了朝廷，之后李白又开始了四处游历的生活。在宣州李白为时任职校书郎的族叔李云饯别，写了这首诗。全诗语言豪放激昂，虽表离别但是诗句中并没有直接说出离别之词，而是表达了诗人对政治腐败、社会黑暗的斥责，抒发了对怀才不遇的不满以及对光明前途的执着追求。

　　"弃我去者，昨日之日不可留。乱我心者，今日之日多烦忧。"这四句诗是千古名句，一直被世人所传唱。虽然开篇起笔突兀，却直接抒发了诗人当时的心境。离开长安对那时的李白来说是很大的人生挫折，苦闷之际他面对自己的族叔李云毫不顾忌地将自己的不满之情宣泄出来，其中饱含着李白漂泊多年、壮志难酬的抑郁和痛苦，感情浓郁炽烈。

　　"长风万里送秋雁，对此可以酣高楼。"直抒胸臆之后，诗人的情绪得以平复，天高气爽的秋日中，乘风归去的大雁映入了诗人的眼中，他的烦恼似乎也随着秋风一起消散了，豪情所至，对酒当歌正适合"酣高楼"。

　　"蓬莱文章建安骨，中间小谢又清发。""蓬莱文章""建安骨"是赞美李云的诗如行云流水，刚劲有力。"中间小谢又清发"一句中"小谢"是指南朝著名诗人谢朓，他是李白一生仰慕的诗人之一。将自己比作谢朓，显示了李白独有的狂傲自信。

　　"俱怀逸兴壮思飞，欲上青天览明月。"这两句述说了诗人一直未能施展的远大理想和抱负，"览"字用夸张的手法，表现了诗人的自信。

"抽刀断水水更流，举杯消愁愁更愁。"诗人从想象中又回到了现实，他明白这种愁苦喝酒是无法排解的，"举杯"二字直接地将诗人的这种感情表述出来，抒发了诗人抑郁不得志的愁苦以及与亲人离别的感伤。

"人生在世不称意，明朝散发弄扁舟。"在现实中苦闷的心情无法排解，诗人只能在游名山大川中寻求解脱。浪迹天涯无须与世人同流合污，对李白来说是排解郁闷的最好方法。

当时李白想要报效朝廷却苦无门路，壮志难酬，年华虚度，这种苦闷之情郁结在心中难以消解，但诗人并没有过多地伤春悲秋，而是用直抒胸臆的笔法，将自己的苦闷、理想、抱负融入诗中，通过盛赞前人抒发自己的豪情壮志。

全诗直起直落，大开大阖，没有任何承转过渡的痕迹，表现出诗人因理想与现实的尖锐矛盾而产生的复杂感情。虽然诗人精神上是苦闷烦忧的，却没有放弃对美好理想的追求，诗中仍然显露出豪迈雄放的气概。

飞花令里读唐诗

八月十五夜赠张功曹

韩愈

纤云四卷天无河，清风吹空月舒波。
沙平水息声影绝，一杯相属君当歌。
君歌声酸辞且苦，不能听终泪如雨：
"洞庭连天九疑高，蛟龙出没猩鼯号。
十生九死到官所，幽居默默如藏逃。
下床畏蛇食畏药，海气湿蛰熏腥臊。
昨者州前捶大鼓，嗣皇继圣登夔皋。
赦书一日行万里，罪从大辟皆除死。
迁者追回流者还，涤瑕荡垢清朝班。
州家申名使家抑，坎轲只得移荆蛮。
判司卑官不堪说，未免捶楚尘埃间。
同时辈流多上道，天路幽险难追攀。"
君歌且休听我歌，我歌今与君殊科：
"一年明月今宵多，人生由命非由他，
有酒不饮奈明何！"

长沙过贾谊宅

刘长卿

三年谪宦此栖迟^①，万古惟留楚客悲^②。

秋草独寻人去后，寒林空见日斜时。

汉文有道恩犹薄，湘水无情吊岂知。

寂寂江山摇落处，**怜君何事到天涯**！

【注释】

① 谪宦：贬官。西汉贾谊曾被贬往长沙三年。

② 楚客：指羁泊楚地之人。

枫桥夜泊

张继

月落乌啼霜满**天**，江枫渔火对愁眠。

姑苏城外寒山寺，夜半钟声到客船。

怜君何事到天涯

月落乌啼霜满天

飞花令里读唐诗

长沙过贾谊宅

刘长卿

三年谪宦此栖迟①，万古惟留楚客悲②。

秋草独寻人去后，寒林空见日斜时。

汉文有道恩犹薄，湘水无情吊岂知。

寂寂江山摇落处，**怜君何事到天涯**！

【注释】

　①谪宦：贬官。西汉贾谊曾被贬往长沙三年。

②楚客：指羁泊楚地之人。

枫桥夜泊

张继

月落乌啼霜满**天**，江枫渔火对愁眠。

姑苏城外寒山寺，夜半钟声到客船。

怜君何事到天涯

月落乌啼霜满天

飞花令里读唐诗

白

劝行乐

雍陶

老去风光不属身，黄金莫惜买青春。
白头纵作花园主，醉折花枝是别人。

饮中八仙歌

杜甫

知章骑马似乘船，眼花落井水底眠。
汝阳三斗始朝天，道逢麹车口流涎，
恨不移封向酒泉。左相日兴费万钱，
饮如长鲸吸百川，衔杯乐圣称避贤。
宗之潇洒美少年，举觞白眼望青天，
皎如玉树临风前。苏晋长斋绣佛前，
醉中往往爱逃禅。李白一斗诗百篇，
长安市上酒家眠，天子呼来不上船，
自称臣是酒中仙。张旭三杯草圣传，
脱帽露顶王公前，挥毫落纸如云烟。
焦遂五斗方卓然，高谈雄辩惊四筵。

梦游天姥吟留别

李白

　　海客谈瀛洲①，烟涛微茫信难求。越人语天姥②，云霓明灭或可睹。天姥连天向天横，势拔五岳掩赤城③。天台四万八千丈，对此欲倒东南倾④。我欲因之梦吴越⑤，一夜飞度镜湖月⑥。湖月照我影，送我至剡溪⑦。谢公宿处今尚在⑧，渌水荡漾清猿啼⑨。脚著谢公屐⑩，身登青云梯。半壁见海日⑪，空中闻天鸡⑫。千岩万转路不定，迷花倚石忽已暝⑬。熊咆龙吟殷岩泉⑭，栗深林兮惊层巅。云青青兮欲雨，水澹澹兮生烟⑮。列缺霹雳，丘峦崩摧。洞天石扉，訇然中开⑯。青冥浩荡不见底，日月照耀金银台⑰。霓为衣兮风为马，云之君兮纷纷而来下⑱。虎鼓瑟兮鸾回车，仙之人兮列如麻。忽魂悸以魄动，恍惊起而长嗟。惟觉时之枕席，失向来之烟霞。世间行乐亦如此，古来万事东流水。别君去兮何时还，且放白鹿青崖间，须行即骑访名山。安能摧眉折腰事权贵，使我不得开心颜！

【注释】

　　①海客：来往于海上的人。瀛洲：古以蓬莱、

115

方丈、瀛洲为三座仙山。②越：指今浙江一带。天姥：天姥山，唐时属越州。③拔：超越。掩：盖过。赤城：山名，在今浙江天台县北。④"天台"两句：意为天台虽高，但比起天姥，却像是倾向东南偏低。⑤"我欲"句：意为日思游天姥，入夜则开始了梦游吴越。⑥镜湖：在今浙江绍兴。⑦剡溪：在浙江省曹娥江上游。⑧谢公宿处：南朝谢灵运游天姥，曾在剡溪投宿。⑨渌水：清澈的水流。⑩谢公屐：谢灵运为登山特制的木屐。⑪半壁：半山腰。⑫天鸡：传说桃都山中有大树名桃都，上有天鸡，日出照此木，天鸡则鸣，天下之鸡皆随之鸣。⑬暝：黑暗。⑭殷：形容水盛的样子。⑮澹澹：水波荡漾闪动的样子。⑯"列缺"四句：意为忽然电闪雷鸣，山峰为之坍塌。仙洞石门，訇然大开。訇然，轰然。⑰金银台：神仙所居的金阙银台。⑱云之君：指神仙。

【赏析】

李白怀抱理想来到长安，却在天宝三载（744年）被唐玄宗"赐金放还"，这样的经历对李白来说是极大的打击。后来，李白和杜甫、高适等人一起四处游历，在东鲁住了一段时间。这一时期李白生活相对稳定，但他并不甘于此，之后他离开东鲁，再次踏上旅途。本诗即作于这一时期，这是一首记梦游仙诗，以变化莫测、意境雄浑、构思新颖而闻名于世，是李白著名的代表作之一。

李白喜欢游历于山水之间，诗中所写虽然是虚境，但并非完全脱离现实。本诗通过无拘无束的梦游将诗人心中所思所想毫无保留地展现出来，抒发、宣泄了诗人因政途受挫而产生的郁结之情，表明了绝不屈服的决心和信念。

这首诗可以划分为三个部分，开篇八句为第一部分，引出叙述的内容，中间三十句为第二部分，主要描写诗人的梦境，最后的七句为第三部分，表明了诗人的决心。

"海客谈瀛洲，烟涛微茫信难求。越人语天姥，云霓明灭或可睹。"在诗人看来，"瀛洲"这个海外仙境虽然令人心驰神往，但太过虚无缥缈，可望而不可即。而现实中的天姥山彩霞忽明忽灭，比起仙境毫不逊色。这里诗人用虚幻的瀛洲来反衬现实中的天姥山，展现了天姥山的美景，同时给天姥山披上了神幻的外衣。

"天姥连天向天横，势拔五岳掩赤城。天台四万八千丈，对此欲倒东南倾。我欲因之梦吴越，一夜飞度镜湖月。湖月照我影，送我至剡溪。谢公宿处今尚在，渌水荡漾清猿啼。脚著谢公屐，身登青云梯。"在恍惚之中使人进入梦境，看到在洁白的月光之下，他飘过了镜湖，在镜湖之上倒映着自己的影子。在当年谢灵运留宿休息的地方，李白高兴地穿上谢灵运的木屐，沿着谢灵运的脚步登上他走过的青云石径。

"半壁见海日"到"水澹澹兮生烟"，诗人开始了自己的旅程，他看见盘旋的石径之中，高耸的山峰遮住了阳光，使光线变得十分昏暗。太阳从海中升起，天鸡在空中鸣叫，诗人还未及仔细地欣赏朝阳中的美景，夕阳就降临在山花和山石中了。随着夕阳西下，诗人听到了山中猛兽的咆哮，熊咆龙吟响彻整个山谷，使整个森林都为之颤抖。一刹那山间乌云密布，阴沉可怕。诗人将景物描写和自身感情交融，抒发了心中的不满和郁结之情。

"列缺霹雳"到"悗惊起而长嗟"，梦中的景色到这里并没有结束，而是更加荒诞离奇，全诗也进入高潮。诗人脱离现实世界，进入仙境之中，他看到身披五彩虹衣的"云之君"乘着清风通过洞天福地来到了这里，一时间山中老虎为他鼓瑟，鸾凤为他驾车，百仙都会聚到了这里，场面变得十分热烈壮观。仙人聚会中的金银台就像日月一样交相辉映着，景色壮丽雄伟，光彩照人，震撼人心。浪漫的想象反映了诗人洒脱豪放的性格和卓越非凡的文采。

"惟觉时之枕席"到最后写诗人从梦中醒来。当他张开双眼时，心中充满了惆怅，这时他才明白刚刚所见的雄伟景色都是虚幻的，他躺在枕席上，感叹人生无奈。但是李白并没有一味消沉下去，为了实现自己的梦想，他遍寻名山大川，快意生活，绝不因权贵红尘使自己不得开心。这一部分诗人酣畅淋漓地倾吐了仕途的失意和不得志的苦闷。

全诗内容丰富，情节离奇。诗人以天马行空的想象展现了缤纷多彩的场景，既表现了天姥山的瑰丽景色，也表达了自己理想难以实现的苦闷，以及执着追求的精神，构思精密，自然洒脱，是难得的传世名作。

登高

杜甫

风急天高猿啸哀，渚清沙白鸟飞回。

无边落木萧萧下，不尽长江滚滚来。

万里悲秋常作客，百年多病独登台。

艰难苦恨繁霜鬓，潦倒新停浊酒杯。

古意

李颀

男儿事长征，少小幽燕客。

赌胜马蹄下，由来轻七尺。

杀人莫敢前，须如猬毛磔。

黄云陇底白云飞，未得报恩不能归。

辽东小妇年十五，惯弹琵琶解歌舞。

今为羌笛出塞声，使我三军泪如雨。

积雨辋川庄作

王维

积雨空林烟火迟^①，蒸藜炊黍饷东菑^②。

漠漠水田飞**白**鹭，阴阴夏木啭黄鹂。

山中习静观朝槿，松下清斋折露葵。

野老与人争席罢，海鸥何事更相疑?

【注释】

①空林：萧疏的树林。②藜：指蔬菜。黍：此指饭食。饷：送饭。菑：初耕的田地。

汉宫词

段成式

歌舞初承恩宠时，六宫学妾画蛾眉。

君王厌世妾头**白**，闻唱歌声却泪垂。

日

望庐山瀑布

李白

日照香炉生紫烟①，遥看瀑布挂前川②。
飞流直下三千尺③，疑是银河落九天④。

【注释】

①香炉：指香炉峰。紫烟：指日光透过云雾，
远望如紫色的烟云。②遥看：从远处看。挂：悬
挂。前川：一作"长川"。川，河流，这里指瀑布。
③直：笔直。三千尺：形容山高。这里是夸张的说
法，不是实指。④疑：怀疑。银河：古人指银河系
构成的带状星群。九天：一作"半天"。古人认为天
有九重，九天是天的最高层，九重天，即天空最高
处。此句极言瀑布落差之大。

飞花令里读唐诗

登科后

孟郊

昔日龌龊不足夸[①]，今朝放荡思无涯[②]。
春风得意马蹄疾，一日看尽长安花。

【注释】

①龌龊：局促，拘束。指多年来困窘的处境和抑郁的心情。不足夸：不值得一提。②放荡：无忧无虑，自由自在。

【赏析】

孟郊早年贫病穷寒，潦倒失意。他曾游湖北、湖南、广西等地，希望能一展抱负，却始终无所遇合，又屡试不第。直到四十六岁那年，孟郊终于进士登科，他满怀欣喜，提笔一挥而就，写下了这首别具一格的小诗。

诗人两次落第，一直怀才不遇，如今却一举

高中，说是平步青云毫不为过，故而诗一开头就毫不掩饰地直接倾泻出自己内心的狂喜，认为昔日的困顿不值得一提了，今朝扬眉吐气，毫无挂碍，胸臆间自然是说不出的喜悦畅快。

按唐制，进士考试在秋季举行，发榜则在下一年春天。这时候的长安，正是春风轻拂，春花盛开。城东南的曲江、杏园一带春意更浓，新科进士在这里宴集同年，"公卿家倾城纵观于此"。新科进士们"满怀春色向人动，遮路乱花迎马红"，其中的风光与荣耀真是羡煞旁人。

"春风得意马蹄疾，一日看尽长安花"是广为传诵的名句，人们还从中化出了"春风得意"和"走马观花"两个成语。诗人此际心情畅快，感觉春风似乎也变得善解人意，轻柔地吹拂着，使人满心舒畅，而骏马好像也通晓骑手踌躇满志的心情，四蹄生风，纵情驰骋。偌大的长安城中开满了春花，城内行人众多、车马拥挤，是不可能策马疾驰的，但诗人却认为，当日的马蹄格外轻疾，尽可将满城鲜花一日看尽。因为诗歌写出了真情实感，遂无理变有理。

诗人意到笔成，酣畅淋漓地表现了自己高中后心情舒畅的情态，明朗畅达而又别有情韵。

飞花令里读唐诗

渔翁

柳宗元

渔翁夜傍西岩宿^①，晓汲清湘燃楚竹^②。
烟销日出不见人，欸乃一声山水绿^③。
回看天际下中流，岩上无心云相逐。

【注释】

①西岩：在湖南省永州市零陵区西湘江外。②燃楚竹：指烧竹煮水。③欸乃：行船时的摇橹声。

岁晚旅望

白居易

朝来暮去星霜换，阴惨阳舒气序牵。
万物秋霜能坏色，四时冬日最凋年。
烟波半露新沙地，鸟雀群飞欲雪天。
向晚苍苍南北望，穷阴旅思两无边。

封丘作

高适

我本渔樵孟诸野，一生自是悠悠者。乍可狂歌草泽中，宁堪作吏风尘下？只言小邑无所为，公门百事皆有期。拜迎长官心欲碎，鞭挞黎庶令人悲。归来向家问妻子，举家尽笑今如此。生事应须南亩田，世情尽付东流水。梦想旧山安在哉，为衔君命日迟回。乃知梅福徒为尔，转忆陶潜归去来。

别韦参军

高适

二十解书剑，西游长安城。举头望君门，屈指取公卿。国风冲融迈三五，朝廷礼乐弥寰宇。白璧皆言赐近臣，布衣不得干明主。归来洛阳无负郭，东过梁宋非吾土。兔苑为农岁不登，雁池垂钓心长苦。世人遇我同众人，唯君于我最相亲。且喜百年见交态，未尝一日辞家贫。弹棋击筑白日晚，纵酒高歌杨柳春。欢娱未尽分散去，使我惆怅惊心神。丈夫不作儿女别，临歧涕泪沾衣巾。

飞花令里读唐诗

庐山谣寄卢侍御虚舟 ①

李白

我本楚狂人，凤歌笑孔丘。手持绿玉杖 ②，朝别黄鹤楼。五岳寻仙不辞远 ③，一生好入名山游。庐山秀出南斗傍 ④，屏风九叠云锦张，影落明湖青黛光。金阙前开二峰长 ⑤，银河倒挂三石梁 ⑥。香炉瀑布遥相望，回崖沓嶂凌苍苍。翠影红霞映朝日，鸟飞不到吴天长 ⑦。登高壮观天地间，大江茫茫去不还。黄云万里动风色，白波九道流雪山 ⑧。好为庐山谣，兴因庐山发。闲窥石镜清我心 ⑨，谢公行处苍苔没。早服还丹无世情 ⑩，琴心三叠道初成 ⑪。遥见仙人彩云里，手把芙蓉朝玉京 ⑫。先期汗漫九垓上 ⑬，愿接卢敖游太清 ⑭。

【注释】

①谣：不合乐的一种诗体。②绿玉杖：镶有绿玉的杖，传为仙人所用。③五岳：东岳泰山，西

岳华山，南岳衡山，北岳恒山，中岳嵩山。这里并非实指，而是泛指中国名山。④南斗：星宿名，二十八宿中的斗宿。古天文学家认为浔阳属于南斗分野。⑤金阙：阙原指皇宫门外左右两侧的望楼，金阙即黄金门楼。这里借指庐山西南的铁船峰和天池山二山，两者对峙，形如石门。⑥三石梁：近人考证，在五老峰西。或说在简寂观侧，或说在开先寺（秀峰寺）旁，还有的人说在紫霄峰上。⑦吴天：春秋时九江属吴国。⑧白波九道：古书多说长江至九江附近分为九道。李白沿用此说，但没有真的见到九道河流。⑨石镜：此处应指庐山东面的圆石，因平滑如镜可见人影，故称石镜。⑩还丹：道家说法，将丹烧成水银，再还成丹。⑪琴心三叠：道家修炼术语，形容心神宁静。⑫玉京：道教中指元始天尊在天中心的玉京山。⑬先期：预先约定。汗漫：仙人名。九垓：九天之外。⑭卢敖：战国燕人，他游至蒙谷山，曾见一古怪之士迎风而舞，便邀他同游，那人却笑着说："吾与汗漫期于九垓之外，不可久留。"言罢纵身跳入云中。

红

从军行

王昌龄

大漠风尘日色昏，**红**旗半卷出辕门^①。
前军夜战洮河北^②，已报生擒吐谷浑^③。

【注释】

①辕门：军营的大门。古代行军扎营时，一般
用车环卫，出口处把两车的车辕相对竖起，对立如
门。②洮河：黄河上游支流，在甘肃省境内，源出
甘肃、青海两省边界，西倾山东麓，东流至岷县折
而向北，经临洮县到永靖县城附近入黄河。长五百
余公里。③吐谷浑：晋代鲜卑族慕容氏的后裔，唐
前期据有洮水西南等处，后被唐高宗和吐蕃的联军
所败。此处借指进犯之敌的首领。

【赏析】

这首诗描写了将士们行军途中戏剧性的一

幕，表现了将士们的壮志豪情。

"大漠风尘日色昏"并非指天色已晚，而是描绘了风沙遮天蔽日的场景，这不仅表现了气候的酷烈，而且对军事形势起烘托、暗示的作用——面对如此恶劣的气候，唐军并没有紧闭辕门、被动防守，反而斗志高昂、主动出征。为了减少狂风所带来的强大阻力，加快行军速度，将士们都半卷着红旗，向前挺进。

尽管风沙遮天蔽日，边陲的将士们都摩拳擦掌，如一柄利剑直指敌营。通过对气氛的渲染，让人感觉到一场恶战似乎已经迫在眉睫，而这也让读者的心悬得高高的：这支劲旅接下来将会面对何种惊心动魄的场景呢？

然而，就在部队急行的途中，富有戏剧性的一幕上演了：前线突然传来捷报，前锋部队已经在夜战中大获全胜，还生擒了敌军首领。这一发展可谓急转直下，乍看出人意料，细想却又完全合乎情理，因为第一、二句所渲染的大军出征时迅猛而凌厉的声势，已经暗示了唐军高昂的士气和强大的战斗力。而这支强大的增援部队，恰好衬托出前锋的胜利并非偶然。

诗人避开正面铺叙，通过气氛渲染和侧面描写，表现了唐军高昂的士气。他选取的对象是未和敌军交手的后援部队，后援部队尚且如此剽悍，更不用说前锋部队了，这一场胜战实在是理所当然。这样一种打破俗套的构思手法实在是巧妙！

山石

韩愈

山石荦确行径微，黄昏到寺蝙蝠飞。

升堂坐阶新雨足，芭蕉叶大栀子肥。

僧言古壁佛画好，以火来照所见稀。

铺床拂席置羹饭，疏粝亦足饱我饥。

夜深静卧百虫绝，清月出岭光入扉。

天明独去无道路，出入高下穷烟霏。

山**红**涧碧纷烂漫，时见松枥皆十围。

当流赤足踏涧石，水声激激风吹衣。

人生如此自可乐，岂必局束为人靰？

嗟哉吾党二三子，安得至老不更归！

过华清宫绝句

杜牧

长安回望绣成堆，山顶千门次第开。

一骑**红**尘妃子笑，无人知是荔枝来。

飞花令里读唐诗

山寺看海榴花

刘言史

琉璃地上绀宫前，发翠凝红已十年。
夜久月明人去尽，火光霞焰递相燃。

题台州隐静寺

王建

隐静灵仙寺天凿，杯度飞来建岩壑。
五峰直上插银河，一涧当空泻寥廓。
崆峒黯淡碧琉璃，白云吞吐红莲阁。
不知势压天几重，钟声常闻月中落。

红

洞
房
昨
夜
停
红
烛

近试上张水部

朱庆馀

洞房昨夜停**红**烛，待晓堂前拜舅姑^①。
妆罢低声问夫婿，画眉深浅入时无?

【注释】

　　① 舅姑：公婆。

半
江
瑟
瑟
半
江
红

暮江吟

白居易

一道残阳铺水中^①，**半江瑟瑟半江红**^②。
可怜九月初三夜^③，露似真珠月似弓^④。

【注释】

　　① 残阳：落山的太阳。② 瑟瑟：原意为碧色的珍宝，这里指碧绿色。③ 可怜：怜爱。④ 真珠：珍珠。月似弓：上弦月，其形状弯曲如弓。

飞花令里读唐诗

芳

黄鹤楼

崔颢

昔人已乘黄鹤去^①，此地空余黄鹤楼。
黄鹤一去不复返，白云千载空悠悠。
晴川历历汉阳树^②，**芳**草萋萋鹦鹉洲。
日暮乡关何处是？烟波江上使人愁。

【注释】

①昔人：指传说中的仙人。②历历：景物清晰分明的样子。汉阳：在湖北省武汉市武昌区（黄鹤楼所在地）西。

花下醉

李商隐

寻**芳**不觉醉流霞，倚树沉眠日已斜。
客散酒醒深夜后，更持红烛赏残花。

136

秋来芳草自为萤

过裴舍人故居

惨惨天寒独掩扉，纷纷黄叶满空庭。
孤坟何处依山木，百口无家学水萍。
篱花犹及重阳发，邻笛那堪落日听。
书幌无人长不卷，秋来芳草自为萤。

共醉流芳独归去

送吕少府

戴叔伦

共醉流芳独归去，故园高士日相亲。
深山古路无杨柳，折取桐花寄远人。

137

大林寺桃花

白居易

人间四月**芳**菲尽，山寺桃花始盛开。
长恨春归无觅处，不知转入此中来。

晚春

韩愈

草树知春不久归①，百般红紫斗**芳**菲。
杨花榆荚无才思②，惟解漫天作雪飞。

【注释】

①不久归：即将结束。②杨花：指柳絮。榆
荚：亦称榆钱。

飞花令里读唐诗

观公孙大娘弟子舞剑器行

杜甫

　　昔有佳人公孙氏，一舞剑器动四方。观者如
山色沮丧①，天地为之久低昂。㷍如羿射九日落②，
矫如群帝骖龙翔③。来如雷霆收震怒，罢如江海
凝清光。绛唇珠袖两寂寞④，晚有弟子传芬**芳**⑤。
临颍美人在白帝⑥，妙舞此曲神扬扬。与余问答
既有以⑦，感时抚事增惋伤。先帝侍女八千人⑧，
公孙剑器初第一。五十年间似反掌，风尘澒洞昏
王室⑨。梨园子弟散如烟，女乐余姿映寒日⑩。
金粟堆前木已拱⑪，瞿塘石城草萧瑟⑫。玳弦急
管曲复终⑬，乐极哀来月东出。老夫不知其所往，
足茧荒山转愁疾。

【注释】

　　①色沮丧：形容惊讶失色的样子。②㷍：闪
闪发光。羿：后羿。③矫：矫捷。群帝：群仙。

骖：驾驭。④绛唇：指歌。珠袖：指舞。⑤芬芳：公孙大娘舞蹈的精华。⑥临颖美人：指李十二娘。⑦既有以：序中"既辨其由来"之意。⑧先帝：指唐玄宗。⑨颓泂：弥漫无际的样子。⑩女乐余姿：指李十二娘的舞蹈犹存开元盛世的风貌。⑪金粟堆：位于金粟山的玄宗陵。木已拱：意思是墓前的树木已长得有双手合抱那么粗了。⑫瞿塘石城：指白帝城。⑬玳弦：以玳瑁装饰的琴瑟。急管：节奏急促的管乐。

【赏析】

公孙大娘为唐玄宗开元年间有名的舞蹈大家，她的剑器舞惊动天下，"草圣"张旭观看她的剑舞后受启发而草书大有长进，其声名一直流传到唐末。杜甫用小序说明了观看公孙大娘弟子的舞姿，回忆起童年时亲见公孙大娘剑舞的情景，抚今思昔，深有感慨，因而作此诗。

诗开头八句写当年公孙大娘舞剑的盛况：她的名声传遍了四方，每次都是人山人海；她的舞蹈不仅让观众惊讶失色，连天地都好像随之而起伏低昂，久久无法平静。连用四个"如"字，渲染出公孙大娘变化莫测的舞姿。

以上是诗人对昔日的追忆，从"绛唇珠袖两

飞花令里读唐诗

寂寞"至"感时抚事增惋伤"是全诗的第二段，从公孙大娘引出"弟子"李十二娘，承上启下。"绛唇珠袖"代指公孙氏，"寂寞"二字写出自她之后，剑舞逐渐沉寂萧条，少有人驻足欣赏的状况。"晚有弟子传芬芳"，这句诗中暗含庆幸的口吻，是诗人由衷发出的心声：幸亏有弟子将这精湛绝伦的舞蹈传承了下来，否则将会是多么大的遗憾啊！"临颍美人"即指李十二娘，诗人在白帝城亲眼看到她把"妙舞"表演得出神入化，"神扬扬"三字中俱是赞叹。"与余问答"指诗人在序言中所述，杜甫见其舞奇故问其师从，对方答曰："余公孙大娘弟子也。"一问一答，勾起了诗人的回忆，令他慨叹时局，徒增感伤。

从"先帝侍女八千人"到"女乐余姿映寒日"是全诗的第三段，也是全诗的高潮。诗人用简洁的笔墨，短短六句四十余字，通过写"梨园"从极盛到衰败的过程，展现整个大唐王朝由盛转衰的历史面貌，体现了高超的艺术概括力。

"先帝"二字一出，承接上段尾句的"感时抚事"，把时间拖回五十年前。开元初年，政治清明，国富民强，尽是一番歌舞升平的太平景象。唐玄宗好乐舞，宫中仅歌姬舞女就超过了八千人，其中善跳剑舞的公孙氏风华绝代，独冠一时。但是，五十年间世事变幻，战争的硝烟四处弥漫，王室衰微，国家动荡。与盛唐气象一同散去的，还有唐玄宗昔日亲手挑选并培养起来的梨园弟子。再也没有人有闲情雅致听歌赏舞，幸而残存的剑舞虽依然美好，但在萧瑟的寒日里，还是显得格外凄冷落寞。"寒日"二字既显世象，又道伤情。

最后六句是全诗的尾声，诗人的情感已跌落谷底，千回百折地抒发悲情。宝应元年（762年），唐玄宗驾崩，被安葬于金粟山上，五年多的时光转瞬即逝，如今唐玄宗的皇陵附近早已林木参天，触目所及一片荒凉，而诗人也在草木萧瑟的白帝城里流落多年。不管华筵盛宴多么热闹，终会曲终人散，筵席上"乐极"，散场后"哀来"，抚往事而生悲，诗人心中一片茫然，他"不知其所往"。月出东方之时，他拖着沉重的病体在荒山之中迟步而行，内心不胜寂寥。"足茧"二字有常年奔波、终年颠沛之意，透露出诗人大半生的辛酸。清代浦起龙《读杜心解》云："结二语，所谓对此茫茫，百端交集。行失其所往，止失其所居，作者读者，俱欲嗷然一哭。"

诗题以公孙大娘的弟子为主角；序言中既写到公孙氏的弟子李十二娘，又写到公孙氏；正文则从公孙氏起笔，继而转到诗人与其弟子的对话，随后追忆往昔赞公孙氏风采，最后又转回眼前抚时感事。在回忆与现实的交替、实写与虚写的更迭中，全诗自始至终没有离开师徒二人及其剑舞，但诗人的目的并非单纯赞美其高超的舞技，而是借其兴衰喻世事变幻，以典型事物的变迁浓缩大唐王朝半个世纪的治乱荣辱。

全诗大开大阖，有扬有抑，起笔有雷霆万钧之势，收尾又有回肠荡气之韵，与诗中公孙氏舞剑的起势、收势竟有同样的艺术美感，若非极善笔力，恐难达到如此灵动而又精湛的境界。

绿

把酒问月

李白

青天有月来几时？我今停杯一问之。

人攀明月不可得，月行却与人相随。

皎如飞镜临丹阙①，**绿烟灭尽清辉发**②。

但见宵从海上来③，宁知晓向云间没④？

白兔捣药秋复春⑤，嫦娥孤栖与谁邻⑥？

今人不见古时月，今月曾经照古人。

古人今人若流水，共看明月皆如此。

唯愿当歌对酒时⑦，月光长照金樽里⑧。

【注释】

①丹阙：朱红色的宫门。②绿烟：指遮蔽月光的浓重的云雾。③但见：只看到。④宁知：怎知。没：隐没。⑤白兔捣药：古代神话传说。西晋傅玄《拟天问》："月中何有，白兔捣药。"⑥嫦娥：传说中后羿的妻子，她偷吃了后羿的仙药，成

为仙人奔入月中。⑦当歌对酒时：在唱歌饮酒的时候。曹操《短歌行》："对酒当歌，人生几何？"⑧金樽：精美的酒具。

【赏析】

这是一首咏月诗，诗集诗情与哲理于一体。

首两句"青天有月来几时？我今停杯一问之"以倒装句式统领全篇，以疑问的语气表达出诗人的困惑，气势斐然。诗人停杯沉思，借着几分醉意，向苍冥发问：这明月，亘古如斯地悬于空中，它究竟存在了多久呢？这一问，源自诗人对宇宙本源以及生命的困惑、思索与探寻。"停杯"二字生动地表现出诗人迷惑杂糅的情态。

月夜下，诗人把盏独酌，仰望浩瀚的天空，不禁浮想联翩，由宇宙及人生，一连串的追问，一连串的喟叹，将我们带入一个哲意漾漾又诗意融融的奇妙世界。在经过一番海阔天空的驰骋与遐想之后，诗人又回归自我，回到生活，带出人生苦短、行乐须及时的人生感悟。

诗人意绪多端，从酒到月，从月到酒；从空间感受到时间感受；由宇宙至人生，随兴而至，挥墨自如。既塑造了一个神秘、美好的月亮形象，又将一个孤独脱尘的诗人形象凸显出来。

题酒家

韦庄

酒<u>绿</u>花红客爱诗，落花春岸酒家旗。
寻思避世为逋客，不醉长醒也是痴。

江南行

罗隐

江烟湿雨蛟绡软，漠漠小山眉黛浅。
水国多愁又有情，夜槽压酒银船满。
细丝摇柳凝晓空，吴王台榭春梦中。
鸳鸯鸂鶒唤不起，<u>平铺绿水眠东风</u>。
西陵路边月悄悄，油碧轻车苏小小。

飞花令里读唐诗

龙阳县歌

刘禹锡

县门白日无尘土，百姓县前挽鱼罟。
主人引客登大堤，小儿纵观黄犬怒。
鹧鸪惊鸣绕篱落，橘柚垂芳照窗户。
沙平草绿见吏稀，寂历斜阳照县鼓。

月夜

刘方平

更深月色半人家，北斗阑干南斗斜[①]。
今夜偏知春气暖[②]，虫声新透绿窗纱。

【注释】

　　① 阑干：形容横斜的样子。南斗：星宿名，在
北斗七星南。② 偏知：才知。

⊕

子规

吴融

举国繁华委逝川，羽毛飘荡一年年。

他山叫处花成血，旧苑春来草似烟。

雨暗不离浓绿树，月斜长吊欲明天。

湘江日暮声凄切，愁杀行人归去船。

题竹郎庙

薛涛

竹郎庙前多古木，夕阳沉沉山更绿。

何处江村有笛声？声声尽是迎郎曲。

飞花令里读唐诗

柳

戏题辋川别业

王维

柳条拂地不须折，松树披云从更长^①。
藤花欲暗藏猱子^②，柏叶初齐养麝香^③。

【注释】

①从：也作"任"。②猱：猴子的一种。③麝：

香獐子，雄麝能分泌麝香。

杨柳枝

白居易

苏家小女旧知名，杨柳风前别有情。
剥条盘作银环样，卷叶吹为玉笛声。

飞花令里读唐诗

听颖师弹琴

韩愈

　　昵昵儿女语，恩怨相尔汝。划然变轩昂，勇士赴敌场。浮云**柳**絮无根蒂，天地阔远随飞扬。喧啾百鸟群，忽见孤凤凰。跻攀分寸不可上，失势一落千丈强。嗟余有两耳，未省听丝篁。自闻颖师弹，起坐在一旁。推手遽止之，湿衣泪滂滂。颖乎尔诚能，无以冰炭置我肠！

镇州初归

韩愈

　　别来杨**柳**街头树，摆弄春风只欲飞。
还有小园桃李在，留花不发待郎归。

杨柳枝

刘禹锡

春江一曲**柳**千条^①，二十年前旧板桥。
曾与美人桥上别，恨无消息到今朝。

【注释】

　　① 春：一作"清"。一曲：一湾，形容江流曲折。

闺怨

王昌龄

闺中少妇不知愁，春日凝妆上翠楼^①。
忽见陌头杨**柳**色^②，悔教夫婿觅封侯。

【注释】

　　① 凝妆：盛装。② 陌头：道边。

飞花令里读唐诗

不遇咏

王维

北阙献书寝不报^①，南山种田时不登。百人会中身不预，五侯门前心不能^②。身投河朔饮君酒，家在茂陵平安否？且共登山复临水，莫问春风动杨柳。今人作人多自私，我心不说君应知。济人然后拂衣去，肯作徒尔一男儿！

【注释】

①北阙：汉宫北面正门的门楼，谒见、言事、献书等都在此处，故代指朝廷。②五侯：据《汉书·元后传》载，汉成帝在一天封其舅王谭等五人为侯，此处泛指达官显贵。

【赏析】

王维少有才名，写一手好诗，工于书画，精通音律。唐开元九年（721 年）年仅二十岁的王维高中进士，任太乐丞（掌乐之官），因观看伶人舞黄狮子（古代一般皇帝才有权看黄狮子舞），被贬为济州司仓参军，这首诗大概作于这一期间。一个有志之士却仕途坎坷、四处碰壁，对于世态炎凉感触颇深。

这是一首七言古体诗，四句一换韵，韵脚平仄交替，随着换韵诗意也有所改变，属于典型的

"初唐体"。诗人虽表达了怀才不遇的愤懑心情，但仍以奋发向上的精神作为解脱，体现了盛唐的时代风貌。

"寡妇携儿泣，将军被敌擒，失恩公主面，下第举人心"，此四种被称为是古人四失意。而在这首诗的开篇王维紧扣主题，采用整饬的骈偶句，连用了四个"不"字，列举四种具有代表性的不遇。"北阙献书寝不报，南山种田时不登。百人会中身不预，五侯门前心不能。"向皇帝上书提出自己的政治见解却没有得到回复；退隐耕种却遭遇天灾以致颗粒无收；百人高会没有受邀参加；攀附权贵又不是自己的本心。

前三句写时运不济，第四句忽而一转，表示诗人绝不会在五侯门前低首祈求的傲岸不屈。此四句时空跳跃、腾挪转移，表达了诗人因刚正不阿，不愿阿谀奉承而深陷蹭蹬。

中间四句写的是当时之事。"君"应该是指诗人的一位朋友；"河朔"是黄河以北地区；"茂陵"，汉武帝刘彻的陵墓，这里代指帝都长安。这四句的意思是：现在我来到河朔，你为我设宴，我们举杯共饮，使我不禁想念故乡、亲人，不知他们在长安还好吗？惠风和送的春天，我们一同登临游赏，还是暂且忘记那些令人伤怀之事吧！王维由长安太乐丞被贬，想到家人，想到长安，心中更加困顿哀伤。

最后四句言明自己的志向：现在的人，为人做事都很自私，想必我不说你也应该知道。我只想匡时济世、为天下百姓谋利益，等功成之后，我就幽居山林，做一个飘逸潇洒的隐士，可是现在我碌碌无为，怎么能算作好男儿呢！

飞花令里读唐诗

夜归鹿门歌

孟浩然

山寺钟鸣昼已昏，渔梁渡头争渡喧①。

人随沙岸向江村，余亦乘舟归鹿门。

鹿门月照开烟树②，忽到庞公栖隐处③。

岩扉松径长寂寥④，唯有幽人自来去⑤。

【注释】

　　①渔梁：《水经注·沔水注》："沔水中有渔梁洲，庞德公所居。"在襄阳东，离鹿门很近。②烟树：指傍晚树色如烟，昏暗不明。③庞公：庞德公，汉末隐士，住在岘山，为诸葛亮等所钦佩。荆州刺史刘表屡次请他出山，他携妻子登鹿门山采药，一去不返。④岩扉：山岩豁口如门状。⑤幽人：隐居之人，此指作者自己。

听安万善吹觱篥歌

李颀

南山截竹为觱篥①，此乐本自龟兹出。

流传汉地曲转奇，凉州胡人为我吹。

傍邻闻者多叹息，远客思乡皆泪垂。

世人解听不解赏，长飙风中自来往。

枯桑老柏寒飕飗，九雏鸣凤乱啾啾。

龙吟虎啸一时发，万籁百泉相与秋②。

忽然更作渔阳掺③，黄云萧条白日暗。

变调如闻杨柳春④，上林繁花照眼新⑤。

岁夜高堂列明烛，美酒一杯声一曲。

【注释】

①觱篥：即筚篥，竹制乐器。②万籁：大自然的各种声音。③渔阳掺：鼓曲名，声节悲壮。④杨柳：指古曲《杨柳枝》，乐曲欢快活泼。⑤上林：指皇家花苑。

蜀道难

李白

噫吁嚱，危乎高哉！蜀道之难难于上青天！蚕丛及鱼凫^①，开国何茫然！尔来四万八千岁，不与秦塞通人烟^②。西当太白有鸟道^③，可以横绝峨眉巅。地崩山摧壮士死^④，然后天梯石栈相钩连^⑤。上有六龙回日之高标^⑥，下有冲波逆折之回川^⑦。黄鹤之飞尚不得过，猿猱欲度愁攀缘^⑧。青泥何盘盘^⑨，百步九折萦岩峦^⑩。扪参历井仰胁息^⑪，以手抚膺坐长叹。问君西游何时还？畏途巉岩不可攀^⑫。但见悲鸟号古木，雄飞雌从绕林间。又闻子规啼夜月^⑬，愁空山。蜀道之难，难于上青天，使人听此凋朱颜！连峰去天不盈尺，枯松倒挂倚绝壁。飞湍瀑流争喧豗^⑭，砯崖转石万壑雷^⑮。其险也如此，嗟尔远道之人，胡为乎来哉！剑阁峥嵘而崔嵬，一夫当关，万夫莫开。所守或匪亲，化为狼与豺^⑯。朝避猛虎，夕避长蛇，磨牙吮血，杀人如麻。锦城虽云乐^⑰，不如早还家。蜀道之难，难于上青天，侧身西望常咨嗟^⑱！

【注释】

①蚕丛、鱼凫：均为传说中的古蜀国国王。
②秦塞：秦地。古蜀国本与中原不通，至秦惠王灭蜀，始与中原相通。③太白：秦岭峰名。鸟道：仅能容鸟飞过的道路，形容山路狭窄。④"地崩"句：相传秦惠王嫁五美女于蜀，蜀遣五壮士迎之，返回途中遇大蛇入洞穴中，五人牵住蛇尾而用力往外拉，结果山崩，壮士和美女都被压死，山也分成五岭。
⑤石栈：于岩壁上凿石架木而成的通道。⑥"上有"句：指有能挡住太阳神六龙车的高峰。六龙，相传太阳神所乘之车有六条龙来拉。高标，最高的山峰。
⑦回川：萦回的川流。⑧猱：猕猴。⑨青泥：山名，在今陕西省略阳县。盘盘：盘旋曲折。⑩萦岩峦：指峰岭迂回环抱。⑪参、井：均为星宿名。扪参历井是说蜀道之上伸手便可触及星辰。胁息：屏住呼吸。⑫巉岩：险峭的山岩。⑬子规：杜鹃。
⑭喧豗：喧闹碰撞的声音。⑮砯：水击岩石的声音。⑯"所守"两句：指镇守这里的人若不可靠，一旦叛乱就会变成凶狠的豺狼。⑰锦城：成都。
⑱咨嗟：叹息。

【赏析】

蜀地被群山环绕，古时交通不便，道路难以

行走。古代川北有三条蜀道：金牛道、阴平道和米仓道，最重要的金牛道就是剑门蜀道。剑门蜀道在唐代北起京师长安，南至益州锦城，是中原通往西南的咽喉要道，而处于剑门蜀道中心，地形易守难攻，乃"一夫当关，万夫莫开"的兵家必争之地，三国时蜀汉大将军姜维仅以三万人马就拒魏国钟会十余万大军于关外。李白的这首《蜀道难》，把蜀道之艰难描绘得淋漓尽致。

《蜀道难》本是乐府古题，李白以浪漫主义的手法，展开丰富的想象，淋漓尽致地刻画了蜀道峥嵘、险峻、突兀、崎岖等奇丽惊险和不可凌越的磅礴气势，并从中露出了对国事的忧虑与关切。

全诗大体按照由古及今、自秦入蜀的线索，抓住各处山水特点来描写，以展示蜀道之难。诗人善于把传说和想象、现实和历史融为一体，并加以充分的夸张和渲染来进行写景抒情。言山之高峻，则曰"上有六龙回日之高标"；状道之险阻，则曰"地崩山摧壮士死，然后天梯石栈相钩连"。从蚕丛开国说到五丁开山，由六龙回日写到子规夜啼，从耳闻惊心转到"磨牙吮血，杀人如麻"，既有往古的传奇色彩，又有现实的严酷气氛，读来令人心潮激荡。诗中用了大量散文化诗句，有三言、四言、五言、七言，甚至八言、九言，参差错落，形成极为奔放的语言风格。在用韵方面，为方便描写蜀道险要地势，一连三换韵脚，极尽变化之能事。

据载，李白从蜀到长安，与前辈诗人贺知章相遇，以《蜀道难》示之。贺知章未读完便"称叹者数四"，认为此诗非凡人所能作，称李白为"谪仙"。殷璠在《河岳英灵集》中，称此诗"奇之又奇，自骚人以还，鲜有此体调"。

飞花令里读唐诗

望蓟门

祖咏

燕台一去客心惊，笳鼓喧喧汉将营。
万里寒光生积雪，三边曙色动危旌。
沙场烽火侵胡月，海畔云**山**拥蓟城。
少小虽非投笔吏，论功还欲请长缨。

题宣州开元寺水阁，阁下宛溪，夹溪居人

杜牧

六朝文物草连空，天淡云闲今古同。
鸟去鸟来山色里，人歌人哭水声中。
深秋帘幕千家雨，落日楼台一笛风。
惆怅无因见范蠡，参差烟树五湖东。

更
吹
羌
笛
关
山
月

从军行

王昌龄

烽火城西百尺楼，黄昏独坐海风秋。
更吹羌笛关**山**月，无那金闺万里愁。

轻
舟
已
过
万
重
山

早发白帝城

李白

朝辞白帝彩云间^①，千里江陵一日还。
两岸猿声啼不住，轻舟已过万重**山**。

【注释】

　①白帝：白帝城，在今重庆奉节。

162

飞花令里读唐诗

水

山亭夏日

高骈

绿树阴浓夏日长^①，楼台倒影入池塘。
水精帘动微风起^②，满架蔷薇一院香。

【注释】

①浓：指树丛浓密，阴影很深。②水精帘：
水晶帘，一种质地精细、颜色透彻的帘子。

长门怨

郑谷

流**水**君恩共不回，杏花争忍扫成堆。
残春未必多烟雨，泪滴闲阶长绿苔。

飞花令里读唐诗

宫词

王建

风帘**水**阁压芙蓉，四面钩栏在水中。
避热不归金殿宿，秋河织女夜妆红。

金陵城西楼月下吟

李白

金陵夜寂凉风发，独上高楼望吴越。
白云映**水**摇空城，白露垂珠滴秋月。
月下沉吟久不归，古来相接眼中稀。
解道澄江净如练，令人长忆谢玄晖。

春日独游禅智寺

罗隐

树远连天**水**接空，几年行乐旧隋宫。
花开花谢还如此，人去人来自不同。
鸾凤调高何处酒，吴牛蹄健满车风。
思量只合腾腾醉，煮海平陈一梦中。

峨眉山月歌

李白

峨眉山月半轮秋，影入平羌江**水流**①。
夜发清溪向三峡②，思君不见下渝州③。

【注释】

①平羌：江名，今青衣江，在峨眉山东北。源自四川芦山，流经乐山汇入岷江。②清溪：指清溪驿，在四川犍为峨眉山附近。③渝州：今重庆一带。

兵车行

杜甫

车辚辚①，马萧萧②，行人弓箭各在腰。耶娘妻子走相送③，尘埃不见咸阳桥。牵衣顿足拦道哭，哭声直上干云霄④。道傍过者问行人，行人但云点行频⑤。或从十五北防河⑥，便至四十西营田⑦。去时里正与裹头⑧，归来头白还戍边。边庭流血成海水，武皇开边意未已⑨。君不闻汉家山东二百州，千村万落生荆杞⑩。纵有健妇把锄犁，禾生陇亩无东西⑪。况复秦兵耐苦战⑫，被驱不异犬与鸡。长者虽有问，役夫敢申恨⑬？且如今年冬，未休关西卒。县官急索租，租税从何出？信知生男恶，反是生女好。生女犹得嫁比邻，生男埋没随百草！君不见青海头，古来白骨无人收。新鬼烦冤旧鬼哭，天阴雨湿声啾啾。

【注释】

①辚辚：车行时发出的咯咯的声音。②萧萧：形容马的嘶鸣声。③妻子：妻子和儿女。④干：犯，冲。⑤点行：按丁口册强制点征入伍。⑥北防河：黄河以北设防。⑦营田：屯田，士兵们不作战时垦荒种田。⑧里正：里长，管理户口、赋役等事。与

裹头：替被征者裹头巾。因应征者年龄尚小，所以由里正替他裹头巾。⑨武皇：汉武帝，他在历史上以开疆扩土著称。此处喻唐玄宗。⑩荆杞：荆棘。⑪无东西：指庄稼长得不成行列。⑫秦兵：来自秦地的兵士。⑬役夫：被征集的士兵。

【赏析】

天宝以后，唐王朝统治者连年对西北、西南少数民族发动战争，给人民带来了巨大的灾难。对此，钱谦益描述道："天宝十载（751年），鲜于仲通讨南诏蛮，士卒死者六万。杨国忠掩其败状，反以捷闻，制大募两京及河南北兵，以击南诏。人闻云南瘴疠，士卒未战而死者十八九，莫肯应募。国忠遣御史分道捕人，连枷送军所。于是行者愁怨，父母妻子，送之所在，哭声振野。"

杜甫学习汉乐府民歌"感于哀乐，缘事而发"的现实主义精神，自创新题以讽刺时世。诗中写出他在咸阳桥畔亲眼所见、亲耳所闻的情形，并假托与征夫的问答，深刻地反映了唐玄宗穷兵黩武发动开边战争给人民带来的苦难。

篇首写行色匆匆的出征送别，兵车隆隆、战马嘶鸣，尘烟滚滚，千万人号啕大哭之声汇聚成震天的巨响在云际回荡。这段蓦然而起的描写展现了亲人被征兵出征、眷属们奔走相送的震撼人心的画面，其中"牵衣顿足拦道哭"一句抓住细节，连续用四个动作，把送行者那种眷恋、悲怆、愤恨、绝望的动作神态，表现得淋漓尽致。

"点行频"中的"点"字，是征、抽之意；"行"，是古代军制，二十五人为一行，所以把军队出身的叫"出身行伍"。"点行"就是征兵抽丁，"点行频"就是频繁地征兵抽丁。之所以会出现这种情况，与唐代的兵役制度有关。

本来，唐初因袭隋朝，实行府兵制。每三年或六年从军府州二十岁到六十岁的成年壮丁中征兵，一旦确定军名，即成为府兵，隶属于折冲府，定期轮番服役，冬季农闲时参加军事训练。因为府兵服役还要自备衣粮，轮番服役也多不按时，家里又不免征徭，士兵很多逃亡，军队的战斗力越来越弱。

唐开元十一年（723年），唐王朝废弃了府兵轮番卫戍首都的制度，招募强壮兵丁十二万人，免其赋役，长期驻守长安。唐开元二十五年（737年），朝廷又招募壮丁，长期戍守边疆。此后，卫士不再简补，中央禁卫军和边镇国防军全由招募而来的雇佣兵组成。至天宝年间，府兵制已名存实亡，而以募兵代替。

但由于统治者好大喜功，年年用兵，人民厌战，募而不应，甚至以"折臂"来逃避兵役，官府就强行拉捕。"安史之乱"爆发后，唐王朝四处抽丁捕勇，补充兵力。"点行频"也正是"战争频"的产物。

以下写"点行频"，是全篇的"诗眼"。朝廷频繁地征兵开边，边庭流血成海，妇女在家代耕，田园荒废，荆棘丛生，而县官催租急迫，点出统治者开边之非。

"信知生男恶，反是生女好。生女犹得嫁比邻，生男埋没随百草！"这真是令人无比心酸的控诉！在重男轻女的封建时代，人们竟然发出"生女好"的感叹，这一反常态的转变实在是被残酷的现实逼出来的！人们判断好与不好的标准非常简单，就是能不能活下来。女儿还能嫁个邻家郎，安稳生活，倘若生个儿子，一旦被抓了兵丁，就吉凶难卜了。

末以惨语结，悲惨哀怨的鬼泣和开头那种惊天动地的人哭，形成强烈的对照。诗人心情沉重，笔调哀痛，寓情于叙事之中，随着句型、韵脚不断变化，三言、五言、七言错杂运用，充分展现了他悲愤难遏、焦虑不安的心情，也让读者为之潸然泪下。

诗中多处使用顶真的修辞手法，使音调和谐动听。诗歌还运用了对话的方式以及部分口语，使读者有身临其境的真切感。《唐宋诗醇》云："此体创自老杜，讽刺时事而托为征夫问答之词。言之者无罪，闻之者足以为戒，《小雅》遗音也。"

草

春思

贾至

草色青青柳色黄，桃花历乱李花香。
东风不为吹愁去，春日偏能惹恨长。

雪中过重湖信笔偶题

韩偓

道方时险拟如何，谪去甘心隐薜萝。
青草湖将天暗合，白头浪与雪相和。
旗亭腊酎逾年熟，水国春寒向晚多。
处困不忙仍不怨，醉来唯是欲傞傞。

春日旅舍书怀

薛能

出去归来旅食人，麻衣长带几坊尘。
开门**草**色朝无客，落案灯花夜一身。
贫舍卧多消永日，故园莺老忆残春。
蹉跎冠盖谁相念，二十年中尽苦辛。

滁州西涧 ①

韦应物

独怜幽**草**涧边生 ②，上有黄鹂深树鸣。
春潮带雨晚来急，野渡无人舟自横。

【注释】

　①滁州：今安徽省滁州市。西涧：滁州城西郊
的一条小溪，即今天的西涧湖。②独怜：独爱。

洗兵马

杜甫

中兴诸将收山东，捷书夜报清昼同。河广传闻一苇过，胡危命在破竹中。祇残邺城不日得，独任朔方无限功。京师皆骑汗血马，回纥倭肉蒲萄宫。已喜皇威清海岱，常思仙仗过崆峒。三年笛里关山月，<u>万国兵前草木风</u>。成王功大心转小，郭相谋深古来少。司徒清鉴悬明镜，尚书气与秋天杳。二三豪俊为时出，整顿乾坤济时了。东走无复忆鲈鱼，南飞觉有安巢鸟。青春复随冠冕入，紫禁正耐烟花绕。鹤禁通宵凤辇备，鸡鸣问寝龙楼晓。攀龙附凤势莫当，天下尽化为侯王。汝等岂知蒙帝力，时来不得夸身强！关中既留萧丞相，幕下复用张子房。张公一身江海客，身长九尺须眉苍。征起适遇风云会，扶颠始知筹策良。青袍白马更何有？后汉今周喜再昌。寸地尺天皆入贡，奇祥异瑞争来送。不知何国致白环，复道诸山得银瓮。隐士休歌紫芝曲，词人解撰河清颂。田家望望惜雨干，布谷处处催春种。淇上健儿归莫懒，城南思妇愁多梦。安得壮士挽天河，尽洗甲兵长不用！

燕歌行

高适

　　汉家烟尘在东北，汉将辞家破残贼①。男儿本自重横行，天子非常赐颜色。抆金伐鼓下榆关②，旌旆逶迤碣石间③。校尉羽书飞瀚海④，单于猎火照狼山。山川萧条极边土，胡骑凭陵杂风雨⑤。战士军前半死生，美人帐下犹歌舞！大漠穷秋塞草腓，孤城落日斗兵稀。身当恩遇恒轻敌，力尽关山未解围。铁衣远戍辛勤久，玉箸应啼别离后⑥。少妇城南欲断肠，征人蓟北空回首。边风飘飖那可度，绝域苍茫更何有！杀气三时作阵云，寒声一夜传刁斗⑦。相看白刃血纷纷，死节从来岂顾勋？君不见沙场征战苦，至今犹忆李将军！

【注释】

　　①残：凶残。②抆：撞击。金：指钲一类铜制打击乐器。榆关：今山海关。③旌旆：旌是竿头饰

羽的旗，旆是末端状如燕尾的旗。此处泛指各种旗帜。碣石：古山名，在今河北省昌黎县西北。④羽书：紧急军书。瀚海：此处指大沙漠。⑤凭陵：侵扰。⑥玉箸：形容像玉制的筷子。⑦刁斗：古代军中的一种铜器，白天用来烧饭，晚上用来敲击巡更。

【赏析】

《燕歌行》是乐府旧题，据说是曹丕开创的。曹丕的《燕歌行》首创以妇女秋思入题，后人多学他用此曲调写作闺怨诗。这首诗用《燕歌行》的曲调来写边塞生活和战事，由高适首创。

本诗以边塞战争为题材，诗人通过对边塞一场战争过程的描写，表达了对将领轻敌失职导致士兵痛苦牺牲的谴责，对广大士兵的同情，以及对统治者任用像李广那样体恤士兵的将领的渴望。

全诗以凝练的笔法写了一场战争从出师、战败被围困直到拼死战斗的全过程，过渡恰当，连接紧密。

第一段八句写将士奉命出师，辞家破敌，声势极盛，而敌人气焰嚣张。西汉大将樊哙曾在吕后面前说："臣愿得十万众，横行匈奴中。"季

飞花令里读唐诗

布斥责他当面欺君，该斩。所以，"横行"二字看似褒扬将领的威武，其实是斥责他的恃勇轻敌。

第二段八句写忠勇的军士和敌人死战，仍未能解除重围，而"战士军前半死生，美人帐下犹歌舞"，对比中可见主将的昏庸荒淫和前方军政的败坏。

第三段十二句一方面写被围军士死斗的结局，"相看白刃血纷纷，死节从来岂顾勋"，可见战争的艰苦、惨烈，而其中表现出的军士舍生取义的气节，尤其悲壮慷慨。另一方面也写出征夫思妇久别之苦。

末句"至今犹忆李将军"意义深远。史书上记载，李广治兵，"士卒不尽饮，广不近水；士卒不尽食，广不尝食"，他处处爱护士卒，使士卒"咸乐为之死"。能与士卒同甘共苦而威镇北边的飞将军李广，与那些骄横的将军形成多么鲜明的对比。

诗中虽然有对骄奢且不恤士卒将领的愤怒的流露，有对征夫思妇怨情的抒写，但全诗的基调却是慷慨激昂的，高扬着建功立业、视死如归的豪迈精神，为盛唐边塞诗的代表作。全诗用韵平仄相间，抑扬顿挫，音调和美，正是"金戈铁马之声，有玉磬鸣球之节"。

战城南

李白

去年战，桑干源^①；

今年战，葱河道^②。

洗兵条支海上波，<u>放马天山雪中草</u>。

万里长征战，三军尽衰老。

匈奴以杀戮为耕作，古来惟见白骨黄沙田。

秦家筑城备胡处，汉家还有烽火燃。

烽火燃不息，征战无已时^③。

野战格斗死，败马号鸣向天悲。

乌鸢啄人肠，衔飞上挂枯树枝。

士卒涂草莽，将军空尔为。

乃知兵者是凶器，圣人不得已而用之。

【注释】

　　①桑干源：河流的源头干涸。②葱河道：河道干涸。③已：停止。

木

别张员外

戴叔伦

木叶纷纷湘水滨，此中何事往频频。
临风自笑归时晚，更送浮云逐故人。

古柏行

杜甫

孔明庙前有老柏，柯如青铜根如石。
霜皮溜雨四十围，黛色参天二千尺。
君臣已与时际会，树木犹为人爱惜。
云来气接巫峡长，月出寒通雪山白。
忆昨路绕锦亭东，先主武侯同閟宫。
崔嵬枝干郊原古，窈窕丹青户牖空。
落落盘踞虽得地，冥冥孤高多烈风。
扶持自是神明力，正直原因造化功。
大厦如倾要梁栋，万牛回首丘山重。
不露文章世已惊，未辞剪伐谁能送？
苦心岂免容蝼蚁，香叶终经宿鸾凤。
志士幽人莫怨嗟，古来材大难为用。

飞花令里读唐诗

江州重别薛六柳八二员外

刘长卿

生涯岂料承优诏^①，世事空知学醉歌^②。
江上月明胡雁过^③，淮南**木**落楚山多。
寄身且喜沧洲近^④，顾影无如白发何^⑤！
今日龙钟人共老，愧君犹遣慎风波^⑥。

【注释】

①生涯：生计。承优诏：得到朝廷恩遇的诏书。②空知：徒知。醉歌：醉饮歌唱。③胡雁：北来的大雁。④沧洲：滨海之地。⑤顾影：看着自己的影子。无如：无奈。⑥"愧君"句：意为承蒙你还总是告诫我当心风波。遣，使，此处是叮咛的意思。慎风波，小心宦海的风波。

木

山僧兰若

顾况

绝顶茅庵老此生，寒云孤**木**伴经行。
世人那得知幽径，遥向青峰礼磬声。

夜过松江渡寄友人

许浑

清露白云明月天，与君齐棹**木**兰船^①。
南湖风雨一相失，夜泊横塘心渺然。

【注释】

　　① 棹：本义为长的船桨，这里做动词用，是划
船的意思。木兰船：用木兰树造的船。

酬乐天扬州初逢席上见赠

刘禹锡

巴山楚水凄凉地^①，二十三年弃置身^②。
怀旧空吟闻笛赋^③，到乡翻似烂柯人^④。
沉舟侧畔千帆过，病树前头万木春。
今日听君歌一曲，暂凭杯酒长精神^⑤。

【注释】

①巴山楚水：古时四川东部属于巴国，湖南北部和湖北等地属于楚国。刘禹锡曾被贬到这些地方做官，所以用巴山楚水指诗人被贬任之地。②弃置身：指遭受贬谪的诗人自己。③怀旧：怀念故友。闻笛赋：指西晋向秀的《思旧赋》。④翻似：倒好像。翻，副词，反而。烂柯人：指晋人王质。⑤长精神：振作精神。长，增长、振作。

【赏析】

刘禹锡仕途坎坷，多次遭贬，仅在巴蜀一地就苦居了二十三年之久，终于在唐宝历二年（826年）得以回朝。当途经扬州时，诗人与从苏州归来的白居易相逢，两人互赠诗文，以诉衷肠。白居易写了一首《醉赠刘二十八使君》赠与刘禹锡。

"为我引杯添酒饮，与君把箸击盘歌。诗称国手徒为尔，命压人头不奈何。举眼风光长寂寞，满朝官职独蹉跎。亦知合被才名折，二十三年折太多。"白居易在此诗中为刘禹锡遭受的不平待遇深表同情，并对他的才气给予了高度赞扬。最后两句"亦知合被才名折，二十三年折太多"意为：你理应遭受不幸啊，谁让你的才气太过出众，名望太过显赫呢，只是遭受二十三年确实太久了。

由此，刘禹锡作了这首《酬乐天扬州初逢席上见赠》来回应白居易。

首联"巴山楚水凄凉地，二十三年弃置身"是承接白居易的"二十三年折太多"而来，此联直接点明诗人的经历，诗人在这凄凉的巴蜀之地谪居二十三年之久。随后，"怀旧空吟闻笛赋，到乡翻似烂柯人"，今日重返洛阳，早已物是人

飞花令里读唐诗

非了，很多老友都已逝去，自己现在也只能"空吟闻笛赋"来怀念他们了。后一句化用了"王质烂柯"的典故来表明自己惆怅的心情。王质因坐观童叟下棋而蹉跎了百年，而诗人在此借这个故事暗示自己在巴蜀耽搁得太久，以致现在回来时，早已恍如隔世、时代变迁了。

诗人在首联和颔联中都在感慨自己不幸的遭遇，白居易也以"举眼风光长寂寞，满朝官职独蹉跎"来为友人的命运鸣不平。当诗境尽显悲伤的气氛时，诗人却宕开笔墨，以"沉舟侧畔千帆过，病树前头万木春"来释放胸怀，即刻意境大开：沉舟侧畔，仍有千帆过；病树前头，依旧是枯木逢春。诗人以"沉舟"和"病树"自比，寓意自己之前虽历经坎坷，可是仍会有柳暗花明的时候，一片暗沉之中涂抹一丝亮色，积极乐观，诗人豁达的心胸不能不让人为之赞叹。而此联也因此成为千古名句，激励人们当坚守信念，风雨之后自会有天晴之时。

哀情转激情，沉郁变明朗，颈联使诗歌的情调急转，于是诗人承续而来，写出了"今日听君歌一曲，暂凭杯酒长精神"的尾联：今天听了你的一首诗歌让我感触颇多，暂且就让我借酒来振奋精神吧。这里的"君"自是指白居易，诗人在这最后一联中表达与友人把酒言欢，忘记过往的痛苦，只盼明日重新出发的期望，有一种豪迈大气、坚忍不拔的精神隐含其间。

《酬乐天扬州初逢席上见赠》是刘禹锡豁达心胸、乐观态度的证明，也是刘、白二人深厚友情的诠释。全诗语言洗练，意境高远，不负刘禹锡"诗豪"之名。

重题

白居易

宦途自此心长别^①，世事从今口不言。

岂止形骸同土木，兼将寿夭任乾坤。

胸中壮气犹须遣，身外浮荣何足论。

还有一条遗恨事，高家门馆未酬恩^②。

【注释】

　　① 宦途：做官的路径。诗人白居易仕途受挫被贬官，从而感到心灰意冷。② 高家门馆：指的是白居易当年科考的主考官高郢的家。按照唐朝科举制度约定俗成的惯例，考生开考前要先到大臣府上投稿，来换取推荐支持，放榜之后考中的考生要做的第一件事就是去拜会主考官。

诗

舟中读元九诗①

白居易

把君诗卷灯前读②，**诗**尽灯残天未明③。
眼痛灭灯犹暗坐④，逆风吹浪打船声⑤。

【注释】

　　①元九：诗人元稹，是白居易的好朋友。
②把：拿。③残：残留，指蜡烛燃烧后所剩不
多。④犹：还，仍然。⑤逆风：迎着风，顶风，
与顺风相对。

【赏析】

　　唐宪宗元和十年（815年），白居易因上书要
求缉拿刺杀宰相武元衡的凶手而得罪权贵，被贬
为江州司马。在这种情况下，诗人在贬谪途中想
起了五个月前远谪通州的好友元稹，于是在一个

深秋的夜晚于漫漫水途中，写下了这首《舟中读元九诗》。

诗中所选的意象，如"灯残""逆风"，以及诗人的遣词，如"诗尽""眼痛""暗坐"，使整体诗境满含凄苦之感，让读者与诗人一同感受到人生低落时的悲苦与沉重。

再读"眼痛灭灯犹暗坐"一句，既然眼已痛，灯已灭，诗也读得差不多了，那么为什么还要在黑暗中独自呆坐呢？联系本诗写作的背景与诗人的心境，读者可以想象到这样一幅场景：诗人在漂泊的小舟上想到自己与友人一样命途艰辛，朝廷中小人当道，朝纲混乱，贤能之人不得重用，这种忐忑与孤寂之感与黑夜里独自泛舟于江上的冷寂别无二致。瞬间，眼前的风浪变成了"逆风吹浪打船声"，这种极富象征意义的场景表达了诗人复杂的心情。

这首小诗还有一个非常重要的特点，表面上看似犯了诗家最忌讳的"犯复"情况，几次三番地提及"灯"字，实际上具体阅读中并没有给人带来重复与冗杂之感，而是将其衍生为贯穿全诗的线索，在节律上形成一句紧连一句的效果，使全诗音节连贯，一气呵成，加强了全诗的表达力。

有赠

司空图

有**诗**有酒有高歌，春色年年奈我何。
试问羲和能驻否，不劳频借鲁阳戈。

早秋吴体寄袭美

陆龟蒙

荒庭古村只独倚，败蝉残蛩苦相仍。
虽然**诗**胆大如斗，争奈愁肠牵似绳。
短烛初添蕙幌影，微风渐折蕉衣棱。
安得弯弓似明月，快箭拂下西飞鹏。

飞花令里读唐诗

题兰江言上人院

贯休

一生只著一麻衣，道业还欺习彦威。
手把新**诗**说山梦，石桥天柱雪霏霏。

自遣

罗邺

四十年来**诗**酒徒，一生缘兴滞江湖。
不愁世上无人识，唯怕村中没酒沽。
春巷摘桑喧姹女，江船吹笛舞蛮奴。
焚鱼酌醴醉尧代，吟向席门聊自娱。

谢人惠纸

齐己

烘焙几工成晓雪，轻明百幅叠春冰。
何消才子题诗外，分与能书贝叶僧！

长年

韦庄

长年方悟少年非，人道新诗胜旧诗。
十亩野塘留客钓，一轩春雨对僧棋。
花间醉任黄莺语，亭上吟从白鹭窥。
大盗不将炉冶去，有心重筑太平基。

酒

夜宴曲

施肩吾

兰缸如昼晓不眠，玉堂夜起沈香烟。
青娥一行十二仙，欲笑不笑桃花然。
碧窗弄娇梳洗晚，户外不知银汉转。
被郎嗔罚琉璃盏，**酒**入四肢红玉软。

西岩

薛涛

凭阑却忆骑鲸客，把**酒**临风手自招。
细雨声中停去马，夕阳影里乱鸣蜩。

江楼曲

李贺

楼前流水江陵道[①]，鲤鱼风起芙蓉老[②]。

晓钗催鬓语南风，抽帆归来一日功[③]。

鼍吟浦口飞梅雨[④]，竿头酒旗换青苎[⑤]。

萧骚浪白云差池[⑥]，黄粉油衫寄郎主[⑦]。

新槽**酒**声苦无力[⑧]，南湖一顷菱花白[⑨]。

眼前便有千里愁，小玉开屏见山色。

【注释】

①江陵道：指通往江陵的水道。江陵，今湖北江陵。古称荆州，唐称江陵府。②鲤鱼风：九月的风。语出梁简文帝诗《艳歌篇》，指寒秋之风。芙蓉：荷花的别名。③抽帆：扬帆开船。④鼍：鼍龙，俗名猪婆龙，即扬子鳄，相传其欲雨则鸣。梅雨：梅子成熟时节下的雨，特点是绵绵不断。⑤酒旗：酒帘。青苎：指新的苎麻，用其做酒旗结实耐用。⑥萧骚：形容水波涌动的样子。差池：参差不齐的样子。⑦郎主：旧时妻子对丈夫的称呼。⑧新槽：指制新酒的槽床。⑨一顷：一百亩。菱花：镜子。

新丰美酒斗十千

少年行

王维

新丰美**酒**斗十千①，咸阳游侠多少年②。
相逢意气为君饮③，系马高楼垂柳边④。

【注释】

　　①新丰：古县名，汉置，治所在今陕西省西安市临潼区东北。新丰镇古时产美酒，谓之新丰酒。斗十千：一斗酒值十千钱（钱是古代的一种货币），形容酒的名贵。斗是古代的盛酒器，后来成为容量单位。②咸阳：秦朝的都城，故址在今陕西咸阳市东北，此借指唐都长安。游侠：游历四方的人。③意气：指两人之间感情投合。④系马：拴马。

经李翰林墓

殷文圭

诗中日月**酒**中仙，平地雄飞上九天。
身谪蓬莱金籍外，宝装方丈玉堂前。
虎靴醉索将军脱，鸿笔悲无令子传。
十字遗碑三尺墓，只应吟客吊秋烟。

杨柳枝

白居易

红板江桥青**酒**旗，馆娃宫暖日斜时。
可怜雨歇东风定，万树千条各自垂。

石鼓歌 ①

韩愈

张生手持石鼓文②，劝我试作石鼓歌。少陵无人谪仙死③，才薄将奈石鼓何？周纲陵迟四海沸④，宣王愤起挥天戈⑤。大开明堂受朝贺，诸侯剑佩鸣相磨。蒐于岐阳骋雄俊，万里禽兽皆遮罗。镌功勒成告万世，凿石作鼓隳嵯峨。从臣才艺咸第一，拣选撰刻留山阿。雨淋日炙野火燎，鬼物守护烦㧓呵。公从何处得纸本，毫发尽备无差讹。辞严义密读难晓，字体不类隶与蝌。年深岂免有缺画，快剑斫断生蛟鼍。鸾翔凤翥众仙下，珊瑚碧树交枝柯。金绳铁索锁纽壮，古鼎跃水龙腾梭。陋儒编诗不收入，二雅褊迫无委蛇。孔子西行不到秦，掎摭星宿遗羲娥。嗟余好古生苦晚，对此涕泪双滂沱。忆昔初蒙博士征，其年始改称元和。故人从军在右辅，为我度量掘臼科。<u>濯冠沐浴告祭**酒**</u>，如此至宝存岂多。毡包席裹可立致，十鼓只载数骆驼。荐诸太庙比郜鼎，光价岂止百倍过？圣恩若许留太学，诸生讲解得切磋。观经鸿都尚填咽，坐见举国来奔波。剜苔剔藓露节角，安置妥帖平不颇。大厦深檐与盖覆，经历久远期无佗。中朝大官老于事，讵肯感激徒媕婀。牧童敲火牛砺角，谁复著手为摩挲。

日销月铄就埋没，六年西顾空吟哦。羲之俗书趁姿媚，数纸尚可博白鹅。继周八代争战罢，无人收拾理则那。方今太平日无事，柄任儒术崇丘轲。安能以此尚论列，愿借辩口如悬河。石鼓之歌止于此，呜呼吾意其蹉跎。

【注释】

①石鼓：唐代初年发现的石鼓文，是我国迄今为止发现的最早的石刻文字。歌：古代的一种诗体，也称为歌行。②张生：张籍，唐代诗人。石鼓文：指石鼓文字的拓片。③少陵：杜甫。谪仙：李白。④陵迟：慢慢下降。⑤宣王：周宣王，历史上有宣王中兴之说。

【赏析】

这首诗是借物言事、以古讽今，表达作者的政治理想和胸中的不平。全文一韵到底，书写流畅，于古今穿梭、虚实结合中，融抒情、叙事、议论于咏物之中，有一举多得之妙。

诗的开头四句介绍自己写作的缘由，虽然是一笔带过，却极见诗人功力。诗中的张生是多次出现在韩愈诗中的唐代诗人张籍，正是在他的劝说下，韩愈才写了这首诗。根据第三、四句推断，诗人听到张籍的请求时应该有所推诿，他自谦说，这样的文章需由李白、杜甫那样的大诗才方能大笔挥就，而他自己才力微薄，无法胜任。诗人对这一过程没有做具体的书写，但是第二句中的"劝"字已十分精练地折射出了当时的情景，如果换作"请""求"等字，就不如"劝"字暗示的情境性、画面感强烈。试想，如果没有诗人的犹豫，张籍何苦要劝。

其实，韩愈本是精通金石刻画的，这一点李商隐在《韩碑》一诗中就提到过。即便这样，他依然自惭才疏，从侧面烘托出石鼓文的珍贵和稀有。

接下来的十句，诗人用极具张力的夸张手法，极力渲染了一幅大气磅礴的周朝盛景图。"周纲陵迟四海沸，宣王愤起挥天戈。"两句仅用十四个字就概括了周宣王力挽狂澜、中兴国势的过程，其中的"沸"和"愤起"等字眼，极言场面的振奋人心、周宣王的果敢决绝。

"大开明堂受朝贺，诸侯剑佩鸣相磨。"前一句写中兴王室临御海内的肃穆，后一句写周王朝诸侯摩拳擦掌、迫不及待，极言周宣王振兴王室众望所归。其中的"大"字修饰"开"这个动词，为的是突出周王室受人敬重。

"蒐于岐阳骋雄俊，万里禽兽皆遮罗。"写周宣王驰逐围猎的威武雄风。"万里"虽为虚指，但是夸张手法的运用，精准地映衬了周宣王的英武形象。

以上四句极尽渲染之能事，把宣王中兴的场面铺陈得无比壮丽，皆是为下面两句做铺垫。正是因为有了这样光辉的大事，所以才要刻石铭功，以告后世，如此才有了石鼓文的诞生。

"雨淋日炙野火燎"七个字凝练地概括了石鼓文经历了千年劫难，而它依然出现在世人面前的原因，韩愈将之归为"鬼物守护"，这样，千年古物仿佛有了几分灵气，而越显珍贵。这两句诗，前者写石鼓文曾经的苦难，后者写石鼓文如今完好，承前启后，过渡自然。

"公从何处得纸本，毫发尽备无差讹。"两句继续延承"鬼物守护烦挐呵"的视角，开始对石鼓文做具体的描述。毕竟是经历了千年风雨的文物，缺损、斑驳在所难免，而且在时人眼中，前人的文字不免有些晦涩难懂。但是这并不影响诗人对古拙字形的赞美。他将朴茂的文字想象成鸾翔凤舞、众仙下凡的奇幻之景，看成红色珊瑚的横生错节、碧翠的树冠的枝丫交错，想成绳索搅动、龙腾水越的矫美曲线……本来是死的、呆板的文字，经由诗人的这番精妙绝伦的比喻，竟然有了灵动、玄幻的动感。

结束了对石鼓文的正面描写，诗中又起波澜，采用烘云托月的艺术手法，先斥陋儒，后贬《诗经》中的大雅小雅，并为孔子当年没能遇到石鼓文感到遗憾，进一步烘托石鼓文的稀有罕见。

"嗟余好古生苦晚"一句由物及人，用诗意的笔墨回溯个人身世。他苦于自己生不逢时，没有活在石鼓文诞生的年代。次句中的"滂沱"二字常用于形容雨势、水势之大，可是诗人大词小用，反用之描写自己泪流满面的情态，足见其对石鼓文的喜爱之切、遗憾之深。

"忆昔"之后，诗人陷入自我追忆中。诗人的回忆接近尾声，他总结道："日销月铄就埋没，六年西顾空吟哦。"这两句诗中，前一句感慨石鼓文会就此埋没，后一句感慨自己多年的努力归于徒劳。从元和元年（806年）韩愈向当时的国子监祭酒报告石鼓事开始，到元和六年（811年）作此诗，正好六年，在这六年间，诗人积极奔走，结果却竹篮打水一场空。

"羲之俗书趁姿媚，数纸尚可博白鹅。继周八代争战罢，无人收拾理则那。"此四句诗人用王羲之书换白鹅的典故和石鼓文无人问津的现实相互比照，继续表达自己对石鼓文现状的惋惜之情。王羲之作为东晋著名的书法家，有千古名篇《兰亭集序》传世，但是诗人却说他的作品是"俗书趁姿媚"，虽带有稍许轻视，但更多的是感慨：远远晚于石鼓文的作品尚且如此风光，但是珍贵、稀有的石鼓文却不受当局重视。对比之鲜明，用典之精准，振聋发聩。

诗的结尾，诗人不无期许地说："安能以此尚论列，愿借辩口如悬河。"他希望有个口若悬河的人说服朝廷，将石鼓好好安置。但希望终归是希望，它和现实的落差总是让人无可奈何，所以，搁笔于此，恨意未尽。"蹉跎"二字有一种白白度日、无能为力的漫长感，和前文写石鼓文的大手笔相比，这样的收尾未免显得有些落寞。

离

南徐别业早春有怀

武元衡

生涯扰扰竟何成，自爱深居隐姓名。
远雁临空翻夕照，残云带雨过春城。
花枝入户犹含润，泉水侵阶乍有声。
虚度年华不相见，**离肠怀土并关情**。

咏怀古迹

杜甫

支离东北风尘际，漂泊西南天地间。
三峡楼台淹日月，五溪衣服共云山。
羯胡事主终无赖，词客哀时且未还。
庾信平生最萧瑟，暮年诗赋动江关。

飞花令里读唐诗

回乡偶书

贺知章

少小**离**家老大回^①，乡音无改鬓毛衰^②。
儿童相见不相识，笑问客从何处来。

【注释】

①"少小"句：贺知章早年离开家乡，进士及第时三十七岁，辞官归来时已经八十六岁。②鬓毛：耳朵边的头发。衰：稀少。

如意娘

武则天

看朱成碧思纷纷，憔悴支**离**为忆君。
不信比来长下泪，开箱验取石榴裙。

立春后言怀招汴州李匡衙推

令狐楚

闲斋夜击唾壶歌，试望夷门奈远何。

每听塞笳**离**梦断，时窥清鉴旅愁多。

初惊宵漏丁丁促，已觉春风习习和。

海内故人君最老，花开鞭马更相过。

送魏万之京

李颀

朝闻游子唱**离**歌，昨夜微霜初渡河。

鸿雁不堪愁里听，云山况是客中过。

关城曙色催寒近，御苑砧声向晚多。

莫是长安行乐处，空令岁月易蹉跎。

琵琶行

白居易

浔阳江头夜送客，枫叶荻花秋瑟瑟。

主人下马客在船，举酒欲饮无管弦。

醉不成欢惨将别，别时茫茫江浸月。

忽闻水上琵琶声，主人忘归客不发。

寻声暗问弹者谁，琵琶声停欲语迟①。

移船相近邀相见，添酒回灯重开宴。

千呼万唤始出来，犹抱琵琶半遮面。

转轴拨弦三两声②，未成曲调先有情。

弦弦掩抑声声思，似诉平生不得志。

低眉信手续续弹，说尽心中无限事。

轻拢慢捻抹复挑，初为霓裳后六幺③。

大弦嘈嘈如急雨，小弦切切如私语④。

嘈嘈切切错杂弹，大珠小珠落玉盘。

间关莺语花底滑⑤，幽咽泉流冰下难。

冰泉冷涩弦凝绝，凝绝不通声暂歇⑥。

别有幽愁暗恨生，此时无声胜有声。

银瓶乍破水浆迸，铁骑突出刀枪鸣⑦。

曲终收拨当心画⑧，四弦一声如裂帛。

东船西舫悄无言，唯见江心秋月白。

沉吟放拨插弦中，整顿衣裳起敛容。

自言本是京城女，家在虾蟆陵下住。

十三学得琵琶成，名属教坊第一部。

曲罢曾教善才服⑨，妆成每被秋娘妒⑩。

五陵年少争缠头⑪，一曲红绡不知数。

钿头银篦击节碎⑫，血色罗裙翻酒污。

今年欢笑复明年，秋月春风等闲度。

弟走从军阿姨死，暮去朝来颜色故⑬。

门前冷落车马稀，老大嫁作商人妇。

商人重利轻别**离**，前月浮梁买茶去⑭。

去来江口守空船，绕船月明江水寒。

夜深忽梦少年事，梦啼妆泪红阑干⑮。

我闻琵琶已叹息，又闻此语重唧唧。

同是天涯沦落人，相逢何必曾相识！

我从去年辞帝京，谪居卧病浔阳城。

浔阳地僻无音乐，终岁不闻丝竹声。

住近湓江地低湿⑯，黄芦苦竹绕宅生。

其间旦暮闻何物，杜鹃啼血猿哀鸣。

春江花朝秋月夜，往往取酒还独倾⑰。

岂无山歌与村笛？呕哑嘲哳难为听⑱。

今夜闻君琵琶语，如听仙乐耳暂明。

莫辞更坐弹一曲，为君翻作琵琶行。

感我此言良久立，却坐促弦弦转急⑲。

凄凄不似向前声，满座重闻皆掩泣。

座中泣下谁最多？江州司马青衫湿[20]。

【注释】

①欲语迟：欲说还休。②转轴：转动琵琶上的琴柱调音色。③霓裳：《霓裳羽衣曲》。六幺：曲名。④大弦、小弦：分别指琵琶上最粗的弦和最细的弦。⑤间关：象声词。形容婉转的鸟鸣声。⑥"冰泉"两句：意为琵琶声好像水泉冷涩一样渐缓渐停，直至中断。⑦"银瓶"两句：形容琵琶声忽而铿然响起，如同银瓶迸裂水浆四溅，又如铁骑突出刀枪齐鸣。⑧拨：拨弦的用具。当心画：用拨在琵琶的中心用力一划。⑨善才：善弹者。⑩秋娘：泛指歌伎。⑪缠头：唐时艺伎表演完毕，观者多以绫帛相赠，称为缠头。⑫"钿头"句：意为欢乐时便以首饰击节打拍，以至于首饰常常断裂破碎。钿头银篦，即两端镶有金玉花形的银篦子。⑬颜色故：姿容衰老。⑭浮梁：今江西景德镇市。⑮阑干：指泪水

横流的样子。⑯ 溢江：在今江西瑞昌，临九江。⑰
独倾：独酌。⑱ 呕哑嘲哳：形容声音杂乱刺耳。⑲
促弦：拧紧琴弦。⑳ 青衫：唐官员品级最低的服色。

【赏析】

唐宪宗元和十年（815 年），白居易因主张
限制藩镇势力、革除暴政，遭到藩镇势力的诬告
陷害，被贬为江州司马。江州相当于现在的江西
省九江市，司马是当地刺史的副手。虽然表面上
白居易仍然居官，但此官其实是要接受看管的。
这首诗创作于此事之后的第二年，白居易虽然自
言"出官二年，恬然自安"，实际上他的内心一
直处于被压抑的状态。这一年，他"送客溢浦口"
时，"闻舟中夜弹琵琶者，铮铮然有京都声"，于是
邀其共饮，听其演奏、诉说，"始觉有迁谪意"。
事后，作长诗《琵琶行》，赠予琵琶女。

"行"是乐府歌辞的一种文体，《唐音审体》
中有言："歌行本出自乐府，然指事咏物……形式
较自由。"汉魏以下的乐府诗常题名为"歌"或
"行"，二者名虽不同，但本质上没有特别严格
的区分，所以后来又统称"歌行体"，语言通俗，
文辞铺展。在白居易的这首《琵琶行》中，文字
上继续沿用浅白的风格，将琵琶女的悲惨遭遇

飞花令里读唐诗

和自己的"迁谪意"联系起来,两条故事线索相互映衬、并行不悖,人物形象鲜明、典型,道出了二人"同是天涯沦落人"的惺惺相惜。

诗的前六句交代了时间:在一个枫叶红、荻花黄、秋风瑟瑟的夜晚;交代了地点:浔阳江头;交代了背景:诗人为朋友送别。离别本就伤感,酒宴前却没有管弦之声可以消减悲戚,于是更显寂寞。

诗中对秋江月夜弹奏琵琶曲的描摹和撰写极为形象,"如急雨""如私语""水浆迸""刀枪鸣""珠落玉盘""莺语花底",这一连串生动的比喻绘声绘色地再现了千变万化的音乐形象,其中"此时无声胜有声"的间歇,描绘了余音袅袅、余意无穷的艺术境界,让人回味无穷,有如书画中的"留白",令人拍案叫绝。而"悄无言""江心秋月白"和"满座重闻皆掩泣""青衫湿"等环境的渲染和听音乐的人物感受也从旁烘托出琵琶女技艺的高超,读来令人有身临其境、如闻其声之感。同时,音乐形象的千变万化也展现了琵琶女起伏回荡的心绪,为下面诉说坎坷身世做了铺垫。

琵琶女自言身世遭遇,激起了诗人的情感共鸣:"同是天涯沦落人,相逢何必曾相识!"诗人也忍不住说出了自己被贬江州的经历。诗人的诉说又转过来拨动琵琶女的心弦,当她再次弹琵琶时,那声音就更加凄苦感人。同声相应,诗人不禁泪湿青衫。

这首诗的艺术性是很高的:

其一,它把歌咏者与被歌咏者的思想感情融二为一,说你也是说我，说我也是说你，命运相同，休戚相关。琵琶女叙述身世后，诗人以为他们"同是天涯沦落人"；诗人叙述身世后，琵琶女则"感我此言良久立"；琵琶女再弹一曲后，诗人则更是"江州司马青衫湿"。风尘知己，处处惹人怜爱。

其二，诗中描写景物、音乐，手法都极其高超，而且又都和写身世、抒悲慨紧密结合，气氛一致，使作品自始至终沉浸在一种悲凉哀怨的氛围里。

其三，作品的语言生动形象，具有很强的概括力，而且转关跳跃，简洁灵活，所以整首诗脍炙人口，极易背诵。诸如"千呼万唤始出来，犹抱琵琶半遮面""别有幽愁暗恨生，此时无声胜有声""门前冷落车马稀，老大嫁作商人妇""夜深忽梦少年事，梦啼妆泪红阑干""同是天涯沦落人，相逢何必曾相识"等，都是凝练优美、扣人心弦的语句。

漂泊天涯的琵琶女的遭遇和因正直而沦落的诗人的遭遇相互映衬，相互补充，凄婉激昂，千载之后读之，犹可想见当时之景。《琵琶行》凄恻动人，在作者生前，已经是"童子解吟《长恨》曲，胡儿能唱《琵琶》篇"。元代戏曲家马致远根据它写成《青衫泪》。

愁

愁看直北是长安

小寒食舟中作

朱放

佳辰强饭食犹寒，隐几萧条带鹖冠。
春水船如天上坐，老年花似雾中看。
娟娟戏蝶过闲幔，片片轻鸥下急湍。
云白山青万余里，**愁**看直北是长安。

唯愁未有买山钱

送张山人

朱放

知君住处足风烟，古寺荒村在眼前。
便欲移家逐君去，唯**愁**未有买山钱。

闻王昌龄左迁龙标遥有此寄

李白

杨花落尽子规啼，闻道龙标过五溪^①。
我寄**愁**心与明月，随风直到夜郎西。

【注释】

　①五溪：辰溪、酉溪、巫溪、武溪、沅溪，当
时属于黔中道，在今湖南西部和贵州东部。

思归引

张祜

重重作闺清旦镭，两耳深声长不彻。
深宫坐**愁**百年身，一片玉中生愤血。
焦桐罢弹丝自绝，漠漠暗魂愁夜月。
故乡不归谁共穴，石上作蒲蒲九节。

闻官军收河南河北

杜甫

剑外忽传收蓟北^①，初闻涕泪满衣裳。
却看妻子**愁**何在，漫卷诗书喜欲狂^②。
白日放歌须纵酒^③，青春作伴好还乡^④。
即从巴峡穿巫峡，便下襄阳向洛阳。

【注释】

　　①剑外：剑门关外。此指蜀地。蓟北：指今河北北部地区，是安史叛军的根据地。②漫卷：胡乱卷起。③放歌：放声歌唱。④青春：指春光正好。

【赏析】

　　唐代宗广德元年（763年），官军在洛阳攻破安史叛军，收复河南。史思明之子史朝义败走河北，继而兵败自杀，历时七年多的"安史之乱"至此结束。杜甫听闻这个消息后，欣喜若狂，一

216

气挥洒写下这"生平第一首快诗"。

杜甫在乱离中奔走天涯，喜闻蓟北故乡光复，"忽传"写惊喜，"涕泪"写喜极而泣。后来转泣为喜，"却看"写喜气，"愁何在"即不再愁，因还乡有日。"漫卷"，胡乱卷起诗书，写其忘形。"放歌""纵酒"写出内心的喜悦欢欣，上承"喜欲狂"。"青春"为春光明媚鸟语花香的时节，与妻子儿女"作伴好还乡"，其喜乐不可言喻。"即从""便下"写归乡之心的急切，已经为自己设想好返乡路线。全诗一气直下，真情流露，使人如见其当时惊喜欲狂的神态。

该律诗感情真挚，语言晓畅，打破了读者心目中杜甫严谨深沉的形象，表现出他激越狂放的一面。这一反常态的表现乃情之所至，使诗人的形象显得越发饱满鲜活。

清朝顾宸言："杜诗之妙，有以命意胜者，有以篇法胜者，有以俚质胜者，有以仓促造状胜者。"诗中"忽传""初闻""却看""漫卷""即从""便下"等词，恰恰是"于仓促间写出欲哭欲歌之状，使人千载如见"。全诗以"喜欲狂"为感情基调，节奏鲜明，语言明快，在诗人一连串"仓促"的行为和想象中急速展开，富有强烈的主观色彩和艺术美感。

偶题

刘言史

金榜荣名俱失尽，病身为庶更投魖。
春娥慢笑无**愁**色，别向人家舞柘枝。

长门怨①

李白

天回北斗挂西楼②，金屋无人萤火流③。
月光欲到长门殿，别作深宫一段**愁**。

【注释】

①长门怨：古乐府诗题。②天回北斗：北斗
七星。③金屋：汉武帝金屋藏娇的典故。

桃

赠汪伦

李白

李白乘舟将欲行，忽闻岸上踏歌声①。
<u>桃</u>花潭水深千尺，不及汪伦送我情②。

【注释】

　　①踏歌：唐朝民间流行的一种以两足踏地为
节拍的歌舞形式，可以边走边唱。一作"唱歌"。
②不及：不如。

看采莲

白居易

<u>小桃</u>闲上小莲船，半采红莲半白莲。
不似江南恶风浪，芙蓉池在卧床前。

题都城南庄

崔护

去年今日此门中，人面**桃**花相映红^①。
人面不知何处去，桃花依旧笑春风^②。

【注释】

①人面：姑娘的脸。第三句中的"人面"指代姑娘。②笑：形容桃花盛开的样子。

【赏析】

诗题中的"都"指唐朝的京城长安。据孟棨《本事诗》记载，崔护因举进士落第，在清明日独自踏青游玩到都城南庄，口渴向一户人家求饮。一女子给他端来一杯水，倚在正开花的小桃树边看他，姿容甚美。第二年清明，崔护忆及当时情景，情不可抑，遂前往探寻，可门已上锁无人，于是在门上题写了此诗。

诗的前两句是追忆往昔的情景。"人面桃花相映红",历来被认为是传神的描绘,灼灼桃花和少女美丽的容颜交相辉映,将对人的喜爱和桃花的赞美叠合在一起,形成了美丽动人的一幕。

后两句是感叹今日重寻不遇。桃花依旧迎风含笑开,而人面却杳然不见。"依旧"二字,含有无限惆怅之意。

诗人通过今昔时间相同、桃花相同而人不见的映照对比,形成前后呼应、回环往复之妙,曲折地表达出美好回忆和无限怅惘交织的复杂思绪。

"人面不知何处去,桃花依旧笑春风。"这两句因其以看似简单的人生经历道出了无数人似曾有过的共同体验,而成为千古传诵的名句。

据唐孟棨《本事诗》记载,诗中故事还有后续。题诗几日后,崔护再次来到女子家门前,听到屋内有哭声,叩门询问时,一老翁推门而出痛斥崔护杀了他的女儿。崔护不知所措,老翁说,他女儿自去年之后常常神情恍惚,若有所失。日前陪她散心回来,见门扉上的题诗,她便病卧绝食,几日后丧命。老翁自陈自己已经年迈,只此一女,女儿之所以未嫁,是想找一位翩翩君子托付终身,没料到女儿却因相思夭亡。说完之后,老翁抓住崔护的手继续痛哭。此时崔护方明就里,悲痛万分,求老翁让他进门哭丧。女子安然如睡着,崔护上前抱住女子直呼:"某在斯,某在斯。"痛哭不止。过了一会儿,女子忽然睁开双眼,半日便完全苏醒过来。老翁大喜,将女儿许配给崔护。死而复生并喜结良缘的结局,未必真实,却寄托着古人的良好心愿,也给本诗增添了更多浪漫色彩。

春兴戏题赠李侯

岑参

黄雀始欲衔花来，君家种**桃**花未开。
长安二月眼看尽，寄报春风早为催。

别郑谷

戴叔伦

朝阳斋前**桃**李树，手栽清荫接比邻[①]。
明年此地看花发，愁向东风忆故人。

【注释】

① 比邻：乡邻，邻居。

玉真公主歌

高适

常言龙德本天仙，谁谓仙人每学仙。
更道玄元指李日^①，多于王母种**桃**年。
仙宫仙府有真仙，天宝天仙秘莫传^②。
为问轩皇三百岁，何如大道一千年。

【注释】

① 玄元：指老子。② 天宝：唐玄宗李隆基的年号，共计十五年。

仙女词

施肩吾

仙女群中名最高，曾看王母种仙**桃**。
手题金简非凡笔，道是天边玉兔毛。

叶

采莲曲①

王勃

采莲归，绿水芙蓉衣。秋风起浪凫雁飞②。桂棹兰桡下长浦，罗裙玉腕轻摇橹。**叶**屿花潭极望平，江讴越吹相思苦。相思苦，佳期不可驻。塞外征夫犹未还，江南采莲今已暮。今已暮，采莲花，渠今那必尽娼家。官道城南把桑叶③，何如江上采莲花。莲花复莲花，花叶何稠叠。叶翠本羞眉，花红强如颊。佳人不在兹，怅望别离时。牵花怜共蒂④，折藕爱连丝。故情无处所，新物从华滋。不惜西津交佩解，还羞北海雁书迟。采莲歌有节，采莲夜未歇。正逢浩荡江上风，又值裴回江上月⑤。裴回莲浦夜相逢，吴姬越女何丰茸⑥。共问寒江千里外，征客关山路几重？

【注释】

①采莲曲：乐府《清商曲》名。②凫：野鸭。③把：攀，采。④共蒂：并蒂莲。⑤裴回：徘徊。⑥丰茸：风姿美好。

采莲曲

王昌龄

荷**叶**罗裙一色裁①，芙蓉向脸两边开②。
乱入池中看不见③，闻歌始觉有人来。

【注释】

　　① 罗裙：丝织的裙子。② 芙蓉：荷花。③ 乱：
混杂。

赠少年

温庭筠

江海相逢客恨多，秋风**叶**下洞庭波。
酒酣夜别淮阴市，月照高楼一曲歌。

丽人行

杜甫

三月三日天气新①，长安水边多丽人。态浓意远淑且真②，肌理细腻骨肉匀③。绣罗衣裳照暮春，蹙金孔雀银麒麟④。头上何所有？翠微匎叶垂鬓唇⑤。背后何所见？珠压腰衱稳称身⑥。就中云幕椒房亲⑦，赐名大国虢与秦⑧。紫驼之峰出翠釜⑨，水精之盘行素鳞⑩。犀箸厌饫久未下⑪，鸾刀缕切空纷纶⑫。黄门飞鞚不动尘⑬，御厨络绎送八珍⑭。箫鼓哀吟感鬼神，宾从杂遝实要津⑮。后来鞍马何逡巡⑯，当轩下马入锦茵⑰。杨花雪落覆白蘋，青鸟飞去衔红巾⑱。炙手可热势绝伦，慎莫近前丞相嗔⑲！

【注释】

①三月三日：上巳节。古人常于这一天来到水边祭祀以求祛除不祥，后来逐渐变成春游欢宴的节

228

飞花令里读唐诗

日。②淑且真：优雅而自然。③骨肉匀：指体态匀称。④氅：此指刺绣。⑤翠微：一种翠鸟的羽毛。匐叶：一种首饰。⑥腰衱：裙带。⑦云幕：画着云彩的帐幕。椒房亲：指杨贵妃的家族。⑧虢与秦：杨贵妃的两个姐姐被封为虢国夫人和秦国夫人。⑨紫驼之峰：驼峰上的肉。釜：锅。⑩水精之盘：水晶盘。素鳞：洁白的鱼。⑪犀箸：犀牛角做的筷子。厌饫：因饱而厌食。⑫鸾刀：带有铃铛的刀。缕切：切丝。空纷纶：指厨人们空忙了一番。⑬黄门：宦官的通称。鞚：马缰绳。不动尘：比喻马跑得轻快。⑭八珍：泛指各种珍贵菜肴。⑮杂遝：纷杂。要津：要职。⑯后来鞍马：指杨国忠。逡巡：形容左顾右盼、甚是得意的样子。⑰锦茵：锦绣地毯。⑱青鸟：传说中的神鸟，为西王母的使者。红巾：红帕。以上两句实是暗指虢国夫人与杨国忠之间的暧昧关系。⑲丞相：指杨国忠。嗔：发怒，生气。

【赏析】

　　天宝年间，唐玄宗宠幸杨贵妃，整个杨氏家族因此飞黄腾达。杨贵妃的族兄杨国忠被封为右丞相，三个姐姐亦被封为韩国夫人、虢国夫人、秦国夫人。

　　杜甫这首诗作于天宝十二载（753 年）的春天，也就是"安史之乱"爆发（755 年）前，通过描写杨氏姐妹的奢侈铺排和杨国忠的声势烜赫、气焰嚣张，反映了当时君王的昏庸和朝政的腐败，讽刺和鞭挞了杨氏兄妹的骄横。

　　前十句描绘出一幅曲江边丽人春游图，她们容貌娇艳，意态娴雅，体态优美，衣着华丽。诗人用工笔彩绘仕女图的画法作讽刺画，正是本诗的一大特色。

"就中"十句，具体写出丽人中虢、秦二人，她们的肴馔精美丰盛，却厌饫久未下箸，箫管悠扬，趋附的宾从很多，有着豪华的排场。内廷太监飞马而来，却路不动尘，如此规矩真不愧是皇家气派。那么，皇帝这样络绎不绝地遣人前来，到底所为何事？原来这些人只是奉旨从御膳房为这些丽人添菜助兴，可见唐玄宗的体贴与多情。只可惜，他越是体贴，就越显出他身为一国之君的昏庸。

"后来"六句，写杨国忠意气骄恣，势焰熏天，将他和杨氏姊妹间的无耻丑态刻画得淋漓尽致。

全诗采用了像《陌上桑》这种乐府民歌常用的正面咏叹方式，用严肃认真的态度和细腻精致的笔触，描摹刻画了杨氏兄妹的穷奢极欲，语极铺排，富丽华美中蕴含清刚之气。虽全然不见一句直接讽刺的语词，但在惟妙惟肖的描摹中，不难看出诗人强烈的厌恶和讥讽之意。

清人浦起龙在《读杜甫心解》中评《丽人行》说："无一刺讥语，描摹处，语语刺讥；无一慨叹声，点逗处，声声慨叹。"

雨晴

王驾

雨前初见花间蕊，雨后全无**叶**底花。
蜂蝶纷纷过墙去①，却疑春色在邻家②。

【注释】

　　①纷纷：接连不断。②疑：怀疑。春色：春天的景色。邻家：邻居家。

长信秋词

王昌龄

金井梧桐秋**叶**黄，珠帘不卷夜来霜。
熏笼玉枕无颜色，卧听南宫清漏长。

偶成转韵七十二句赠四同舍

李商隐

沛国东风吹大泽，蒲青柳碧春一色。我来不见隆准人①，沥酒空余庙中客②。征东同舍鸳与鸾③，酒酣劝我悬征鞍。蓝山宝肆不可入，玉中仍是青琅玕。武威将军使中侠，<u>少年箭道惊杨叶</u>。战功高后数文章，怜我秋斋梦蝴蝶。诘旦九门传奏章④，高车大马来煌煌。路逢邹枚不暇揖，腊月大雪过大梁。忆昔公为会昌宰，我时入谒虚怀待。众中赏我赋高唐，回看屈宋由年辈。公事武皇为铁冠⑤，历厅请我相所难。我时憔悴在书阁，卧枕芸香春夜阑。明年赴辟下昭桂，东郊恸哭辞兄弟。韩公堆上跋马时，回望秦川树如荠。依稀南指阳台云，鲤鱼食钓猿失群。湘妃庙下已春尽，虞帝城前初日曛。谢游桥上澄江馆，下望山城如一弹。鹧鸪声苦晓惊眠，朱槿花娇晚相伴。顷之失职辞南风，破帆坏桨荆江中。斩蛟破璧不无意，平生自许非匆匆。归来寂寞灵台下，著破蓝衫出无马。天官补吏府中趋⑥，玉骨瘦来无一把。手封狴牢屯制囚⑦，直厅印锁黄昏愁。平时赤帖使修表，上贺嫖姚收贼州⑧。旧山万仞青霞外，望见扶桑出东海。爱君忧国去未能，白道青松了然在。此时闻有燕昭台，挺身东望心眼开。且吟王粲从军乐，不赋渊明归去来。彭门十万皆雄勇，首戴公恩若山重。廷评日下握灵蛇，书记眠时吞彩凤。之子夫君郑与裴，何甥谢舅当世才⑨。青袍白简风流极，碧沼红莲倾倒开。我生粗疏不足数，梁父哀吟鸲鹆舞。横行阔视倚公怜，狂来笔力如牛弩。借酒祝公千万年，吾徒礼分常周旋⑩。收旗卧鼓相天子⑪，相门出相光青史。

【注释】

①隆准人：指刘邦。隆准，高鼻子。②沥酒：滤酒。庙中客：指高祖庙中的作者自己。③同舍：指同僚。④诘旦：明早。九门：皇宫的门。⑤武皇：指唐武宗李炎。铁冠：御史的代称。⑥天官：指吏部。补吏：补选官吏。⑦狴牢：指监狱。⑧嫖姚：指西汉冠军侯霍去病，曾任嫖姚都尉。此处借指当时打退吐蕃侵扰的有功将领。⑨何甥：指东晋的何无忌，名将刘牢之是他的舅舅，他们甥舅俩很像，都骁勇善战。⑩周旋：紧紧跟随。⑪收旗卧鼓：凯旋回朝。

图书在版编目 (CIP) 数据

　　飞花令里读唐诗 / 鸿雁主编 . —— 北京 : 中国华侨
出版社 , 2019.10（2024.4 重印）
　　ISBN 978-7-5113-8046-3

　　Ⅰ . ①飞… Ⅱ . ①鸿… Ⅲ . ①唐诗—诗歌欣赏 Ⅳ .
① I207.227.42

中国版本图书馆 CIP 数据核字（2019）第 191656 号

飞花令里读唐诗

主　　编：鸿　雁
责任编辑：唐崇杰
封面设计：冬　凡
美术编辑：李丹丹
经　　销：新华书店
开　　本：880mm×1230mm　1/32 开　印张：8　字数：250 千字
印　　刷：三河市华成印务有限公司
版　　次：2020 年 2 月第 1 版
印　　次：2024 年 4 月第 9 次印刷
书　　号：ISBN 978-7-5113-8046-3
定　　价：35.00 元

中国华侨出版社　北京市朝阳区西坝河东里 77 号楼底商 5 号　邮编：100028
发 行 部：（010）88893001　　　传　真：（010）62707370

如果发现印装质量问题，影响阅读，请与印刷厂联系调换。